karo ♦ weihnachtskrimis – band 6

KaroKrimiPreis 2015
Die besten Dreizehn

Advent, Advent, die Alster brennt

Hamburger Weihnachtskrimis

edition ♦ karo 2015

Inhalt

Vorwort

Den *KaroKrimiPreis für Weihnachtskrimis* haben wir 2015 zum 3. Mal ausgelobt. Diesmal haben wir als Tatort Hamburg gewählt.

Die besten Einsendungen einschließlich der drei Preisträger präsentieren wir in diesem Buch.

Zur hochkarätig besetzten Jury gehörten Angela Temming, Autorin; Regine Kölpin, Autorin; Patrizia Klee, Musikerin, und Monika Richter, Bildende Künstlerin.

Aus den anonym weitergeleiteten Kriminalgeschichten wählten die Jurymitglieder nach den in der Ausschreibung veröffentlichten Kriterien die 13 besten Kurzkrimis aus, und hiervon die drei PREISTRÄGER.

So führen dreizehn spannende und völlig unterschiedliche Kriminalgeschichten durch das weihnachtliche Hamburg. Doch statt Fried' und Freud' gibt es rätselhafte Weihnachtsmänner mit schaurigen Plänen, eine kräftige Sturmflut am Fischmarkt und Mord und Totschlag im Hamburger Hafen.

Ihre Josefine Rosalski

1. PREIS

Kai Riedemann

Frag nicht nach Stefan

Er verfolgt mich. Gestern fuhr sein Wagen im Schritttempo an meiner Wohnung vorbei, heute parkt der grüne Toyota an der Ecke Lerchenstraße, wo ich ihn deutlich durchs Schaufenster von Günys Fischimbiss sehen kann. Michael lehnt an der Beifahrertür, den Kragen der Lederjacke hochgeschlagen, einen Pappbecher mit Coffee-to-go in der Hand, um sich bei dem eisigen Dezemberwind zu wärmen. Er macht nicht den geringsten Versuch, sich zu verstecken. Warum auch? Michael will Antworten auf seine Fragen. Aber ich will sie ihm nicht geben. Ich will nicht und ich darf nicht.

Während draußen immer mehr dicke Flocken durch die Luft wirbeln, stochere ich in meiner Forelle herum. Mir ist der Appetit vergangen. Nicht mal die chipsartigen Bratkartoffeln können mich vom Blick aus dem Fenster abhalten. Was soll das, Michael? Irgendwie muss er herausgefunden haben, dass ich hier am Schulterblatt arbeite. Ob er überhaupt ahnt, welche Gefahren er mit dieser Neugier heraufbeschwört? Welche Folgen sein Herumschnüffeln haben kann? Ich hoffe nur, dass Annekatrin nichts davon bemerkt.

Meine Forelle ist längst kalt, der Tee schmeckt schal. Das Gewirr der Stimmen nehme ich kaum wahr, so als hätte mich auch hier drinnen eine dichte Schneedecke eingehüllt. Vor dem

Schaufenster stehen jetzt zwei Frauen und betrachten neugierig meinen halb leeren Teller. Mit ihren Pelzmützen, dicken Steppjacken und Geschenketüten versperren sie mir den Blick auf Michael. Ich weiß trotzdem, dass er noch da ist. Also stehe ich auf, lege Güny das Geld für Forelle und Tee auf den Glastresen und trete hinaus in die Kälte.

Durch den unerwarteten Wintereinbruch sieht es sogar in dem sonst so bunten und hektischen Schanzenviertel ein wenig besinnlich aus. Auch ohne die Weihnachtsbeleuchtung der Innenstadtstraßen und die goldüberladenen Fenster der Luxusläden. Ich schließe mich einer türkischen Großfamilie an, um unauffällig in Richtung Rote Flora zu gehen. Ein reines Ablenkungsmanöver. Die Praxis von Dr. Young liegt in entgegengesetzter Richtung. Ich sehe gerade noch, wie Michael den Schnee von seiner Lederjacke klopft, den Coffee-to-go-Becher auf die Eingangsstufen des Telefonshops stellt und mir folgt. Er ist hartnäckig. Lass es endlich sein, mir aufzulauern, Mails zu schicken oder beschwörende Worte auf dem Anrufbeantworter zu hinterlassen. Stefan lebt nicht mehr. Jedenfalls jener Stefan, den du 20 Jahre lang gekannt hast.

Ein Polizeiwagen rast mit Blaulicht über das holperige Pflaster. Ich nutze die Aufregung, um die Straßenseite zu wechseln und in einem Schuhgeschäft zu verschwinden. Der frische Schnee klebt unter meinen Sohlen und hinterlässt weiße Flecken auf dem Teppichboden. Weihnachtlich klingt die Musik im Laden nicht, aber immerhin flackert auf dem Kassentresen eine Kerze zwischen kümmerlichen Tannenzweigen.

Irgendwie spüre ich, dass Michael hinter mir steht. Im blank polierten Werbeschild auf dem Schuhregal spiegelt sich jetzt auch sein Gesicht. Er lächelt. Sein Haar ist noch etwas spärlicher geworden, seit wir uns das letzte Mal gesehen haben. Vor fast zwei Jahren am Strand von St. Peter Ording.

»Hallo, Stefan, was ist los mit dir?«, fragt er. Von diplomatischen Einleitungen hat er noch nie viel gehalten.

»Was soll schon los sein? Alles in Ordnung.« Ich drehe mich nicht um, aber versuche ebenfalls zu lächeln.

»In Ordnung? Du brichst den Kontakt mit sämtlichen Freunden ab, schmeißt Job und Studium hin und dann sagst du, alles ist in Ordnung?«

Seine sonst so tiefe Stimme klingt schrill. Die linke Hand hält etwas umklammert. Ich weiß, dass es ein herzförmiger Stein ist. Michael brauchte das schon immer, um Mut für unangenehme Begegnungen zu sammeln.

»Es gab halt viel zu tun in der letzten Zeit«, sage ich, »viel Arbeit, viel Stress.«

Er schüttelt den Kopf.

»Mensch, Stefan, was hat die Hexe nur mit dir gemacht?«

Er meint natürlich Annekatrin. Ich spare mir eine Antwort. Warum sollten wir die endlosen Gespräche wieder aufwärmen? Er hat mich oft genug gewarnt. Vor ihr. Vor ihren grünen Augen, in denen man ertrinkt. Vor ihrem Klammern, das einem die Luft zum Atmen nimmt. Ich weiß das alles, Michael.

Auf eine Antwort wartet er sowieso nicht. Also drehe ich mich jetzt doch um, blicke ihm kurz in die Augen und verlasse dann den Laden. Der Wind ist noch eisiger geworden. Es wird wohl weiße Weihnachten geben.

»Du arbeitest hier in der Schanze?« Er deutet in Richtung Neuer Pferdemarkt. Mein Umweg war also sinnlos. Vermutlich ist er mir oft genug unbemerkt gefolgt und hat die Sache mit Dr. Clarissa Young längst herausgefunden.

»Ich helfe nur aus. Bei einer Psychologin.«

Michael lacht.

»Psychologische Beratung und Coaching. Vermutlich ohne Bezahlung, was?«

Auch darauf antworte ich nicht. Annekatrin braucht ihre Therapie, doch leisten kann sie sich das alles längst nicht mehr. Also helfe ich bei Dr. Young aus. So fing alles an. Mein Wissen als Techniker und Computerspezialist gegen ihre Coachingstunden. Ist doch ein faires Geschäft.

Michael fegt mit der linken Hand die weißen Flocken von der Motorhaube eines VW Käfers. Sie kleben nicht. Zu frisch. Ich will nicht an Annekatrin denken und denke deshalb einfach an den Schnee. Wie er rostige Fahrräder am Straßenrand in kuriose Kunstobjekte verwandelt. Wie er sich schwer auf die Markisen legt und auf die Leuchtreklamen. Wie er dafür sorgt, dass es still wird in der Straße, und ich in all dem Trubel meinen Atem hören kann. Und Michaels Schritte.

»Sieh mich bitte an, wenn ich mit dir rede.« Seine Stimme ist plötzlich leise. »Sie hat dir alles genommen, nicht wahr?«

Ich blicke ihn nicht an, als ich langsam über die Straße zurück zu Günys gehe. Vor dem Fenster steht eine einsame Bank. Sie ist zugeschneit, doch das stört mich nicht. Michael setzt sich ebenfalls, den Herzstein immer noch fest in der linken Hand.

»Damals in St. Peter Ording«, versucht er erneut ein Gespräch, »hast du gesagt: Ich kann bald nicht mehr. Erinnerst du dich?«

Natürlich erinnere ich mich. Aber was verstehst du schon von Annekatrin? Ich kann ohne sie nicht leben. Und sie kann ohne diese Gruppe nicht leben. Dort findet sie endlich den

Halt, den sie so lange gesucht hat. Dort findet sie Antworten auf ihre Fragen.

»Stefan, sei ehrlich. Ich bin mir ziemlich sicher, dass eine Sekte dahintersteckt. Annekatrin hat dich da mit reingezogen. Aber welche Rolle spielt diese Dr. Young? Ist sie es, die euch die Seele geraubt hat?«

Eine Sekte. Ja, wenn du es so nennen willst. Aber es ist besser, wenn du darüber nichts Genaueres erfährst, Michael. Besser für dich.

Inzwischen ist es fast dunkel geworden. Das Licht aus den Schaufenstern lässt den frostigen Boden glitzern. Meine Blicke folgen einem Mann, der auf der anderen Straßenseite mit einem Kaffeebecher aus der Bäckerei tritt. Seine rotschwarze Irokesenfrisur färbt sich schnell weiß bei diesem Wetter. Wann habe ich das letzte Mal so einen Punkschnitt gesehen?

»Starr nicht in die Gegend, verdammt noch mal. Sag endlich was!«

Von einem grauen Müllsack, der am nächsten Halteverbotsschild lehnt, erhebt sich krächzend ein Rabe, als auch ich wieder aufstehe und mir die Flocken von der Hose klopfe. Du wirst nicht hören wollen, was ich jetzt zu sagen habe.

»Akzeptiere einfach, dass es den Stefan von damals nicht mehr gibt, Michael. Lass mich meinen Weg gehen, wohin auch immer er führen mag. Ich kann hier nicht mehr raus. Vielleicht liegst du sogar richtig mit deiner Vermutung, was die Sekte betrifft. Aber du solltest das trotzdem vergessen. Bevor es zu spät ist.«

An einem mit Graffiti besprühten Gemüselaster vorbei gehe ich in Richtung Neuer Pferdemarkt. Wenn er von Dr. Young weiß, brauche ich keine Ablenkungsmanöver mehr. Ich kehre ihm den Rücken zu. Schluss. Aus. Ende. Keine weiteren Fragen mehr.

Ich höre, wie Michael aufsteht und offenbar den Herzstein gegen das Verkehrsschild schleudert. Ich höre seine Schritte im Schnee, dann auf den Pflastersteinen der Straße. Er geht zu seinem Wagen. Gut so.

Im selben Augenblick heult ein Motor auf. Der Aufprall klingt dumpf im dichten Schneetreiben. Reifen quietschen. Schreie. Wieder der aufheulende Motor. Eine ferne Stimme ruft etwas von Fahrerflucht.

Ich brauche mich nicht umzudrehen, um zu wissen, was passiert ist. Warum hast du nicht auf meine Warnungen gehört, Michael? An einem Baum auf der anderen Straßenseite lehnt Annekatrin.

2. PREIS

Jürgen Rath

Paternoster, du im Himmel …

Rainer Pauli stand im fünften Obergeschoss des Kontorhauses und konzentrierte sich auf den richtigen Augenblick. Jetzt! Er machte einen entschlossenen Schritt nach vorne und sprang in das rumpelnde Gefährt. Als er sich umdrehte, hatte er den dicken, blauen Teppich der Geschäftsleitungsetage auf Augenhöhe. Der Gedanke an schwere, dunkelblaue Stoffe mit goldenen, eingestickten Lilien drängte sich ihm auf, die königlichen Farben. Doch hier war alles anders als königlich, seit ein Investor die alteingesessene Betha-Radlager GmbH übernommen hatte. Wenn er, der Personalreferent Rainer Pauli, im fünften Obergeschoss über den dicken Teppich zum Paternoster schlich, so wie gerade eben, drückte eine Zentnerlast auf seinen schmalen Schultern. Dann musste er erneut die Guillotine schärfen, wie manche Kollegen hinter seinem Rücken spotteten, dann musste er schon wieder Mitarbeiter entlassen.

Pauli starrte auf die Wand, die an ihm vorbeiglitt, dann blickte er in das vierte Obergeschoss. Hier gab es keine blauen Teppiche mehr, hier herrschte karges Linoleum. Das war der Flur der Marketingabteilung, nicht sein Bereich. Für diese Leute war der Kollege Schmidtchen zuständig. Doch auch hier sollte verschlankt werden. Verschlankt! Welch ein gemeiner Begriff für eine Massenentlassung, und dann noch kurz vor

Weihnachten. Pauli griff sich unters Jackett und verzog das Gesicht. Wieder diese Magenschmerzen, wie schon seit Wochen. Genau genommen seit dieser neue Geschäftsführer aufgetaucht war und die Firma, dieses angesehene hanseatische Haus, mit eiserner Faust modernisierte. Auf der Betriebsversammlung hatte Wim van Zijstra erklärt, dass er den alten Laden entrümpeln, wohl auch Mitarbeiter entlassen werde. »Hier laufen viel zu viele Leute herum«, hatte er mit seiner lauten, kehligen Stimme verkündet, »die gleiche Arbeit machen wir in den Niederlanden mit der Hälfte an Personal. Und sind wir deshalb weniger erfolgreich? Nein, ganz im Gegenteil!« Mit einem Leuchten in den Augen hatte er die Hand zum Victory-Zeichen ausgestreckt und »Oranje boven!« gerufen.

Drittes Obergeschoss: Buchhaltungsabteilung. Sein Bereich, den er zu betreuen hatte. Es waberte ein Duft von Glühwein und Zimtsternen durch den Flur, wie jedes Jahr am letzten Freitag vor Weihnachten. Doch diesmal dürfte es eine traurige Weihnachtsfeier werden. Acht Mitarbeiter entlassen, alle bereits mit einem Abfindungsvertrag aus der Firma gedrängt. Pauli schnupperte an seiner Strickjacke. Noch immer haftete der Geruch der Gespräche an ihm, er wurde ihn einfach nicht los. Nach Schweiß roch es in seinem Büro, genauer gesagt: nach Angstschweiß. Ausgedünstet von Mitarbeitern, die um ihren Arbeitsplatz kämpften. Und auch verströmt von jenen, die mit gesenktem Kopf ihre »Freisetzung« als Urteil einer höheren Gewalt hinnahmen. Freisetzung! Schon wieder so ein Verschleierungsbegriff.

Der Paternoster rumpelte weiter, die Kabinen bewegten sich in einer endlosen Kette. Auf der rechten Seite nach oben, auf der linken Seite nach unten. Dieses Rumpeln hatte Pauli während seiner gesamten Zeit in dieser Firma begleitet. Es störte ihn nicht. Es erschien ihm eher als ein Sinnbild des Stromes an Arbeit, der all die Jahre an ihm vorbeigezogen war. Eine Arbeit, die er mochte. Bisher jedenfalls. Als Personalreferent hatte er Mitarbeiter eingestellt, sie auf ihrem Weg in der Firma begleitet, ihr Ausscheiden als Rentner abschließend dokumentiert. Mit manchen hatte er Sorgen und Nöte geteilt. Öfters mit Frauen als mit männlichen Kollegen. Mitarbeiterinnen trugen ihr Herz eher auf der Zunge als die Männer, die fraßen den Ärger in sich hinein.

Zweites Obergeschoss: Vertriebsabteilung. Es war der größte Bereich, für den er zuständig war. Wieder diese Magenschmerzen! Pauli schluckte gegen eine aufkommende Übelkeit an. Er schloss die Augen und versuchte krampfhaft, nicht an den Vertrieb zu denken.

Erstes Obergeschoss: Hausbetriebe und Druckerei. Über die Leute hier wusste er nicht viel, das war der Bereich des Kollegen Jacobsen. Der sprach nicht viel, schon gar nicht über die Mitarbeiter, die er zu betreuen hatte.

Erdgeschoss: Empfangshalle und Telegrafenraum. Pauli sprang aus dem Paternoster, hinter ihm sank die Kabine in die Tiefe. Er atmete tief ein, blickte sich dann mit einem Lächeln um. Der Eingangsbereich des Kontorhauses hatte sich seit einem Jahrhundert kaum verändert. Außen schlichte Fassade, doch innen diese prunkvolle Halle: Zwei riesige Kristallleuchter an der hohen Stuckdecke, die Wände mit edlen Hölzern verkleidet, der Fußboden atmet Bodenständigkeit in hellem Marmor. Am Ende der breiten Treppe der Brunnen, aus einem Sandstein herausgehauen.

Wie schon immer überflutete Pauli dieses Glücksgefühl, wenn er in der Halle stand. Das war schon als Junge so gewesen, als ihn sein Vater einmal hierher mitgenommen hatte. »Hindenburghaus, Großer Burstah 31«, hatte der Vater geraunt, als ginge es um das Versteck eines Schatzes, »das älteste Kontorhaus Hamburgs, 1909 gebaut.« Und es war tatsächlich ein Schatz gewesen. Diese riesig hohe Halle, die Kronleuchter, an denen die Diamanten funkelten, die breite Treppe nach oben, die Ausbuchtungen im Geländer wie bei einer Kanzel in der Kirche, das alles erschien dem kleinen Rainer wie ein Wunder.

Und auch jetzt fühlte sich der Personalreferent Pauli wieder wie ein staunender Junge, als er an den hölzernen Säulen vorbei nach oben blickte. Das Geländer rechts und links der Treppe hatte es ihm besonders angetan. Ach nein, nicht angetan, das war entschieden zu wenig. Es weckte immer noch dieses stürmische Verlangen in ihm, sich einfach darauf zu setzen und jauchzend herunterzurutschen. Natürlich tat er es nicht, denn die Fahrt würde unweigerlich vor den Füßen von Herrn Ramelow enden.

Herr Ramelow war nicht nur der Pförtner der Betha-Radlager GmbH, sondern auch das Aushängeschild der Firma. Er war der Mann, dem man als Erstem begegnete, wenn man die schwere Eingangstür aufgedrückt und die gläserne Zwischentür durchschritten hatte. Selbstverständlich kannte Herr Ramelow die Namen aller Mitarbeiter, das waren nicht gerade wenige. Jedenfalls bisher. Der nicht sehr groß geratene, doch trotz seiner grauen Schläfen immer noch schlanke Herr Ramelow verkörperte mit seinen korrekt sitzenden Maßanzügen und den Krawatten in gedeckten Farben den hanseatischen Geist des Hauses.

Sie kannten sich schon seit Jahrzehnten, Pauli und Herr Ramelow. Gelegentlich plauderten sie miteinander. Nichts Persönliches, selbstverständlich nicht. Mehr ein allgemeines Gespräch, von gegenseitiger Sympathie getragen. Über das Wetter, über den HSV und über die viel zu hohen Preise des Nahverkehrs. Diese kurzen Gespräche in der alten Halle versetzten Pauli immer in einen Zustand der abgeklärten Ruhe. Sie hinterließen jedoch auch eine gewisse Beklemmung, wenn er angesichts dieses perfekt gekleideten Herren an seine an den Sitzflächen abgewetzte Hose und seine abgetragene Strickjacke dachte.

Jetzt allerdings war die Pförtnerloge verwaist. Wo war Herr Ramelow? Wo war dieser überaus korrekte Mann, der doch nie seinen Platz verließ? Vielleicht ist er auf der Toilette, dachte Pauli, so etwas soll ja mal vorkommen, sogar bei Pförtnern. Er durchquerte die Halle und trat durch eine schmale Tür in den Telegrafenraum. Hier stand der große, altertümliche Fernschreiber mit seiner weißen Papierrolle und dem gelben Lochstreifen. Und seit Neuestem stand hier auch das Telefax-Gerät. Ein kleiner, beiger Kasten mit grünen Lämpchen, der das Wunder vollbrachte, keine unformatierten Nachrichten auszuspucken wie der Fernschreiber, sondern richtige Briefe und sogar Kopien von Originaldokumenten. Pauli hatte sich nicht die Mühe gemacht, diesen Zauberkasten zu verstehen. Ihm reichte es, wenn er funktionierte. Und das tat er. Meistens jedenfalls.

Bis vor Kurzem war hier noch Frau Kunze beschäftigt gewesen, die den Fernschreiber bedient und die ankommenden Mitteilungen im Hause verteilt hatte. Doch mit der neuen Technik war nicht nur das Fernschreibgerät stillgelegt, sondern auch die Bedienungskraft entlassen worden. Seit dieser Zeit war Herr Ramelow für die eingehenden Nachrichten zuständig. Wenn eine Meldung hereinkam, rief er die Fachabteilung an, die dann einen Mitarbeiter nach unten schickte. Doch darauf durfte sich Pauli heute nicht verlassen, denn er erwartete ein Gutachten des Arbeitgeberverbandes über die »arbeitsrechtliche Beurteilung der Freisetzung der Mitarbeiter des Vertriebs-Bereichs«. Undenkbar, was geschehen würde, wenn jemand anderes als die Personalabteilung diese Expertise zu Gesicht bekäme. Das würde die Firma in ihren Grundfesten wanken lassen. Obwohl eigentlich nicht mehr viel dazu gehörte, die Grundfesten zu erschüttern.

Die Maschinen sonderten reichlich Wärme ab, es wurde Pauli heiß in dem kleinen Raum. Er stellte sich in die Halle, das eine Auge auf den Paternoster, das andere auf die Treppe gerichtet. Sollte jemand herunterkommen, würde er sofort den Telegrafenraum in Beschlag nehmen.

Immer noch kein Telefax. Pauli wanderte zwischen dem Paternoster und der Treppe hin und her. Schließlich stellte er sich neben die Zwischentür und blickte durch die Kristallglasscheiben nach draußen. Es schneite. In der nachmittäglichen Dunkelheit hasteten Menschen vorbei, auf der Suche nach den letzten Weihnachtsgeschenken. Es wurde Zeit: In ein paar Tagen war Heiligabend. Stille Nacht, Heilige Nacht. Für viele war es eine unheilige Nacht mit einem Gabentisch, auf dem die Kündigung lag. Rechtzeitig als Einschreiben mit Rückschein abgeschickt, um die Frist bis zum Jahresende zu wahren.

Es schneite nun in richtig dicken Flocken. Pauli widerstand dem starken Drang, nach draußen zu gehen und Schneeflocken aufzufangen. Oder in den Schnee hinauszuwandern, immer weiter und weiter. Weg von der Firma mit diesem schrecklichen Geschäftsführer, der ihn zwang, Menschen unglücklich zu machen, die ihm nichts getan hatten.

Pauli hatte Lust, sich zu unterhalten. Um die Zeit totzuschlagen, bis das Telefax kam. Doch Herr Ramelow war noch nicht zurückgekommen. Also stellte er sich wieder so auf, dass er die Treppe und den Paternoster im Auge behalten konnte.

In einer der Kabinen, die aus dem Keller kam, war ein Mann. Pauli erkannte ihn sofort. Unwillkürlich nahm er Haltung vor dem Geschäftsführer an. Doch der Mann nahm keine Notiz vom Personalreferenten Pauli. Er hing in einer Ecke der Kabine, war zusammengesunken, die Knie eingeknickt. Sein weißes Hemd war rot gefärbt, das Jackett auch. Vom Mund führte ein dünner, blutiger Faden zum Kinn. Pauli starrte den Mann an, der rumpelnd nach oben verschwand. Wim van Zijstra war tot, das war unübersehbar, offensichtlich ermordet. Das war ein Problem. Jedoch keines, für das die Personalabteilung zuständig war. Hier waren externe Leute gefragt.

Pauli lehnte sich schwer atmend gegen die Wand und wischte sich fahrig übers Gesicht. Sein Magen rebellierte, ihm war schlecht. Du kannst nicht hier herumstehen, sagte eine Stimme in ihm. Ich will nichts damit zu tun haben, antwortete eine andere Stimme. Reiß dich am Riemen!, sagte die erste Stimme wieder. Wenn wenigstens der Pförtner hier wäre, jammerte die zweite Stimme.

Der Personalreferent stolperte zur Pförtnerloge und nahm den Hörer von der Telefonanlage. Muss ich 110 oder 112 wählen? Eine Nummer war die der Polizei, die andere die der Feuerwehr, doch welche war die richtige? War Feuerwehr gleichbedeutend mit Unfallwagen? Pauli fuhr sich über die Stirn. Sie war nass. Unfallwagen war sicherlich nicht richtig, wenn der Mann bereits tot war. Da musste ein Bestattungsunternehmer kommen.

Die vielen blinkenden Lämpchen verwirrten ihn, aus dem Hörer kam kein Ton. Der Tod muss durch den medizinischen Dienst festgestellt werden, sagte er sich. Doch wie war dessen Nummer? Er drückte auf eine blinkende Taste. Aus dem Hörer kam ein Besetztzeichen. Pauli ließ den Hörer sinken. Er musste sich einen Augenblick an der Pförtnerloge festhalten. Mühsam, als hätte er eine schwere Arbeit zu verrichten, drückte er eine andere Taste.

»Na, endlich meldet sich jemand«, quäkte eine empörte Stimme aus dem Hörer. »Ich habe meine Zeit nicht gestohlen! Verbinden Sie mich endlich mit der Marketingabteilung.«

Aus dem Telegrafenraum hörte Pauli ein Geräusch. Er legte den Hörer auf und stolperte hinüber. Es war nicht das Telefax, auf das er wartete.

Pauli schaute auf seine Hände. Sie zitterten. Sie zitterten überaus stark. Du musst dich zusammennehmen, dachte er. Probleme sind da, um gelöst zu werden. Er straffte sich. Durchschritt sehr aufrecht die Halle. Stellte sich vor den Paternoster. Lange brauchte er nicht zu warten. Der Geschäftsführer kam wieder vorbei, diesmal auf dem Weg nach unten. Er hatte seine Lage verändert, war ganz in sich zusammengesunken und nach vorne gefallen. Sein Gesicht und sein Jackett wiesen breite Spuren von Fett auf. Lagerfett. Solches, wie es zum Schmieren von Zahnrädern verwendet wurde.

Pauli wusste, woher das Fett kam. Er selbst war einmal völlig in Gedanken im Paternoster bis nach oben gefahren. Dorthin, wo es keinen Ausstieg mehr gab. Plötzlich hatte die Kabine eine Seitwärtsbewegung gemacht und war an einem riesigen, fingerdick mit Fett beschmierten Zahnrad vorbeigeschwungen. Pauli hatte sich erschrocken an die Rückwand der Kabine gedrückt. Im nächsten Augenblick wich das Zahnrad nach oben zurück, dann war er wieder auf dem Weg nach unten.

Der Personalreferent Rainer Pauli starrte dem verschwindenden Geschäftsführer nach. Da! Wieder ein Geräusch aus dem Telegrafenraum. Das war sein Telefax. Es kamen mehrere Seiten, dann ein heller Piepton. Die Übertragung war unterbrochen.

Pauli wartete. Auf den Geschäftsführer. Doch der Tote tauchte nicht mehr auf. Er drückte seine Fingerspitzen auf die Schläfen. Sah er Gespenster? Oder war er überarbeitet? Gab es gar keinen toten Wim van Zijstra? Waren alles nur Hirngespinste, Wunschträume? Halluzinationen, oder wie das hieß? Er kannte sich wenig aus in diesen Dingen. Plötzlich blieb der Paternoster stehen. Totenstille. Kein Rumpeln mehr. Jetzt war sich Pauli sicher, dass er verrückt geworden war. Einen Paternoster, der stillstand, das gab es nicht. Er schloss die Augen. Wartete einen Augenblick. Öffnete sie dann wieder. Der Paternoster rumpelte. Ein Mann kam nach oben.

»Guten Tag, Herr Pauli«, sagte Herr Ramelow höflich.

Pauli schüttelte verwirrt den Kopf. »Wo kommen Sie denn her?«

»Von unten. Dort ist eine Reparaturtür. Durch die kann man direkt aus dem Paternoster in die Tiefgarage steigen. Wussten Sie das nicht?«

»Nein. So weit bin ich noch nie gefahren.«

»Kann ich Ihnen helfen?«

»Nein, nein. Ich warte auf ein Telefax.«

»Ich kann Sie anrufen, wenn es da ist.«

»Geht nicht. Ist streng vertraulich.«

Herr Ramelow zog eine Augenbraue hoch. »Wenn die Personalabteilung ein streng vertrauliches Telefax erwartet, dann hat das nichts Gutes zu bedeuten.«

Pauli wechselte das Thema. »Was machen Sie über die Feiertage?«

»Ich arbeite in der Weihnachtswoche. Und an Silvester packe ich meine Sachen zusammen. Dann werde ich ersetzt.«

»Ersetzt?« Paulis Stimme klang schrill.

»Ja. Durch eine Anzeigetafel. Stellen Sie sich das mal vor.« Herr Ramelow bemühte sich jetzt nicht mehr um eine hanseatische Zurückhaltung. Seine Stimme klang aufgebracht, er hieb mit der Faust in die flache Hand. »Nach 32 Jahren abserviert! Dabei sollte doch der Pförtner als Letzter gehen.«

»Ja, ja«, sagte Pauli und fuhr sich wieder übers Gesicht.

Die beiden Männer blickten schweigend in das Schneetreiben.

»Ich bekomme vielleicht noch mal Arbeit«, sagte Herr Ramelow, »wenn ich Glück habe, in einem Hotel. Ansonsten als Türsteher vor einem Nachtklub. Pförtner werden ja immer gebraucht.«

Pauli blickte den korrekten Herrn Ramelow zweifelnd an.

»Joseph Hilbert hat es schwerer«, sagte der Pförtner.

»Hilbert, der Fahrer?«

»Er hat ja immer die oberen Gehaltsklassen gefahren. Seit Jahrzehnten. Doch von jetzt an sollen die Prokuristen selbst chauffieren.«

»Das wusste ich nicht.«

»Hilbert ist total aus dem Häuschen. Der hat vielleicht eine Wut im Bauch. Der weiß, dass er keine Arbeit mehr bekommt. Er ist einfach zu alt.« Herr Ramelow blickte nachdenklich auf die Ziehfäden an Paulis Strickjacke.

»Wie lange hat Hilbert noch?«

»Heute war sein letzter Tag. Ich habe ihm gerade geholfen, seine Sachen im Auto zu verstauen. Er hatte ein kleines Büro in der Tiefgarage.«

Pauli blickte wieder durch die Scheiben in den dunklen Abend. Nächste Woche war Weihnachten, das Fest der Liebe. Ein Fest, an dem Leute wie Ramelow und Hilbert am Weihnachtstisch saßen und sich fragten, ob das Leben wohl weitergehen wird.

»Haben Sie eigentlich ein zweites Jackett, Herr Ramelow?«

»Zweites Jackett?«

»Ja oder nein.«

»Ja, ja, natürlich. Ich habe immer ein Reservejackett hier. Und auch eine Reservekrawatte. Es könnte ja sein, dass ich mich mit Kaffee bekleckere. Wie würde das aussehen, der Pförtner einer renommierten Firma mit Kaffeeflecken?«

Die beiden Männer schauten den Schneeflocken nach.

»Wieso fragen Sie, Herr Pauli?«

»Weil Sie einen großen Fleck am Revers haben. Sieht aus wie Schmiere.«

Herr Ramelow schaute betroffen an sich herunter. »Ärgerlich! Das muss von Josephs Auto sein.«

Aus dem Telegrafenraum piepte es, dann war das Brummen des Gerätes zu hören.

»Mein Telefax«, sagte Rainer Pauli.

»Mein Reservejackett«, sagte Herr Ramelow.

»Falls wir uns nicht mehr sehen: Schöne Weihnachten, Herr Ramelow.«

»Das wünsche ich Ihnen auch, Herr Pauli. Und grüßen Sie die Familie.«

3. PREIS

Sarah Fiona Gahlen

Engel und Weihnachtsmann

Es sind noch zwei Tage bis Heiligabend. Vor dem kleinen Café im Grindelviertel verabschiede ich mich von Annika. Die Fensterscheiben sind mit Sprühschnee unbeholfen mit Schneeflocken verziert worden, die Weihnachtsdekoration sieht irgendwie unordentlich aus. Das ganze Viertel wirkt schon jetzt sehr leer auf mich.

»Bis zum nächsten Jahr, Katharina«, sagt Annika, als sie mich umarmt. Sie hat ganz leuchtende Augen. Mir war überhaupt nicht klar, dass Weihnachten auch auf Menschen im Alter von über zwanzig Jahren eine Wirkung ausüben kann, die ich sonst nur bei meinen kleinen Cousins beobachten kann. Wenn ich jemals in eine solche Vorfreude verfallen sein sollte, bin ich zumindest im Moment nicht in der Stimmung, mich daran zu erinnern. Trotzdem will ich Annika nicht die Freude verderben. »Frohe Weihnachten«, wünsche ich ihr und sehe ihr nach, wie sie davoneilt.

Ich schrecke auf, als mir plötzlich jemand von hinten auf die Schulter tippt. »Gesegnete Weihnachten«, sagt eine tiefe Stimme, noch tiefer verstellt.

Ich seufze, verdrehe die Augen und wende mich um. »Hallo, Stefan.«

Er zwinkert mir zu. Stefan hat strahlend blaue Augen und ist niemals richtig rasiert. Er könnte der erklärte Frauenschwarm unseres Jahrganges sein, aber selbst dafür ist er eine Spur zu herablassend. Ich halte mich normalerweise von ihm fern, auch wenn ich ahne, dass wir uns gut verstehen könnten.

»Gar nicht in Weihnachtsstimmung?«, fragt Stefan. »Fährst du nicht heute oder morgen nach Hause?«

»Nein, dieses Jahr nicht«, sage ich einsilbig. »Und du?«

Er schüttelt den Kopf. »Auch nicht.« Jetzt ist er es, der nicht weiterspricht. Die stumme Frage hängt zwischen uns, bis ich mir ein Herz fasse. »Was machst du dann übermorgen Abend?«

Stefan grinst. »Ich spiele den Weihnachtsmann.«

Mein Blick muss ziemlich verdutzt sein. Stefan lacht leise. »Ja. Über die studentische Weihnachtsmannvermittlung. Das macht ziemlich viel Spaß, man sieht an einem einzigen Abend vier oder fünf Weihnachtsbäume und geschmückte Wohnzimmer, man verteilt Geschenke und hört Weihnachtslieder. Es ist ein bisschen so, als würde man viermal Weihnachten feiern.«

So habe ich das noch nie gesehen. Mir haben die verkleideten Männer am Heiligen Abend immer leidgetan, aber im Vergleich zu einem einsamen Weihnachtsabend zu Hause ist es vielleicht gar nicht schlecht, im roten Mantel durch die Stadt zu ziehen. Ich sage nichts, aber Stefan sieht mich aufmerksam von der Seite an.

»Warum kommst du nicht mit?«

»Ich?«, frage ich erschrocken zurück.

»Ja, warum nicht? Als Weihnachtsengel. Wenn du möchtest.«

Stefans Stimme ist ausdruckslos, und er sieht mich nicht direkt an. Ich weiß nicht, ob er sich über mich lustig macht oder es ernst meint, aber ich bin in der Stimmung, das Spiel auf die Spitze zu treiben. »Na dann, gerne«, sage ich. »Was ist mit dem Kostüm?«

»Das wird gestellt.«

»Oh, gut. Ich schätze, gut bezahlt wird es nicht?«, frage ich.

»Nein«, antwortet Stefan, neigt dann aber ein wenig den Kopf. »Naja«, sagt er. »Wie man es nimmt.«

Der Nieselregen flimmert in den Lichtkreisen der Straßenlaternen, die längst angesprungen sind. Fast wünschte ich, es wäre schon später und richtig dunkel. Es erinnert mich daran, wie mein Vater mich immer getröstet hat, wenn es am Weihnachtsmorgen Tauwetter gab oder es von vornherein viel zu warm war für Schnee. »Heute Abend ist es sowieso dunkel, und wenn überall Lichter sind, ist es egal, wenn kein Schnee liegt.« Er hatte jedes Jahr wieder recht.

In Harvestehude sind viele Fenster erleuchtet, und hier und dort glänzt eine Lichterkette in einem Balkonkasten, aber der Himmel ist noch von einem stumpfen Blaugrau erfüllt. Auf dem Gehweg liegt am Rand noch Laub, im Regen zu einem braunen Matsch zertreten.

Ich habe ein langes, hellblaues Kleid angezogen, darüber einen schneeweißen Wollpullover, warm genug für einen verregneten Heiligen Abend. Mein Kostüm besteht aus einem weiten weißen Umhang mit langen Schlitzen für die Pappflügel, die ich mit breiten Stoffträgern wie einen Rucksack auf dem Rücken trage. Brünette Engel müssen ein wenig mehr Mühe auf ihre Frisur verwenden als blonde, meine Haare sind geflochten und hochgesteckt.

Stefan dagegen sieht ganz verändert aus und wirklich wie der Weihnachtsmann, ohne dass ich genau sagen könnte, woran es liegt. Natürlich trägt er einen weißen Bart, aber er lässt eigentlich ziemlich viel von seinem Gesicht sehen. An ihm sieht die Mütze gar nicht albern aus, und sein langer roter Mantel ist fast etwas zu dunkelrot. Den großen Jutesack trägt er lässig über der Schulter.

»Und?«, frage ich. »Wo wohnen unsere ersten artigen Kinder?«

Im Treppenhaus des Altbaus ist es ziemlich dunkel, die Treppe ist steil, aber Stefan hat mich zurückgehalten, als ich nach dem Lichtschalter gesucht habe. »Nie das Licht anmachen«, raunt er. »Die Wohnungen sind dunkel am Weihnachtsabend, Licht aus dem Flur stört.«

Vor uns öffnet sich die weiß gestrichene Tür mit dem Buntglaseinsatz.

»Wer da wohl ist?«, höre ich eine Stimme auf der anderen Seite. Eine schlanke Frau in dunkler Bluse und heller Hose steht im Türspalt.

»Fröhliche Weihnachten«, sagt Stefan laut und seltsam feierlich.

»Der Weihnachtsmann«, ruft die Frau gekünstelt über die Schulter zurück, und winkt uns mit einer kurzen, geübten Geste herein.

Halb im Flur steht ein kleiner Junge, wunderschön angezogen, mit einem Hemd in Kindergröße und einer Fliege. Hinter ihm ist das Wohnzimmer golden erleuchtet, und an dem großen Weihnachtsbaum brennen kleine, warme Lichter.

»Ich weiß, du warst brav«, sagt Stefan, als er ein paar Schritte vortritt, und ich kann sein Augenzwinkern sehen. »Hallo, Philipp.«

Philipp sagt nichts, seine Augen sind riesig in seinem Gesicht.

»Philipp hat ein Gedicht gelernt, lieber Weihnachtsmann«, lässt sich seine Mutter hören.

»Das ist aber schön«, sage ich, und fange einen amüsierten Blick von Stefan auf.

»Hast du denn auch Lust, es aufzusagen?«, fragt er, während er neben Philipp in die Hocke geht.

Man sieht Philipp an, dass er jetzt gern irgendwo anders wäre. »D… denk nur, ich habe das Christkind gesehen«, setzt er an, aber dann stockt er auch schon und sieht hilflos auf.

»Oh, das kenne ich«, sagt Stefan behutsam in die Stille hinein. »Es kam aus dem Walde …«, versucht er, Philipp zu helfen.

»Es kam aus dem Walde …«, wiederholt Philipp mit schwankender Stimme und stockt dann wieder.

Ich sehe Stefans auffordernden Blick, aber leider bin ich mir nicht sicher, wie es weitergeht. »… das Mützchen voll Schnee«, ist das, was mir einfällt, aber dann kommt es mir komisch vor, dass das Christkind ein Mützchen tragen soll. Der Moment, in dem ich Philipp noch hätte retten können, verstreicht, und der kleine Junge bricht in stumme Tränen aus.

»Oh, Philipp«, höre ich hinter mir die Mutter zischen, und in diesem Moment ist es mir egal, was die Rolle des Weihnachtsengels am Heiligen Abend ist. Ich beuge mich zu Philipp hinunter. »Es macht überhaupt nichts, wenn man das Gedicht nicht kann«, sage ich entschieden. »Wollen wir vielleicht lieber ein Weihnachtslied singen?«

»Alle zusammen«, sagt Stefan mit feierlicher Stimme, nun bin ich es, die sich ein Lachen verbeißen muss. Wir singen:

»Alle Jahre wieder«, und auch Philipps Mutter singt mit. Zumindest bewegt sie die Lippen.

»Fröhliche Weihnachten!«

Unsere nächsten braven Kinder sind schon ein wenig zu alt für den Weihnachtsmann, aber sie feiern Weihnachten offenbar mit ihren Großeltern und sind mit der gebührenden Geduld dabei. Die Wohnung in dem alten Backsteinbau ist unglaublich dunkel, der Weihnachtsbaum ist sorgfältig geschmückt, aber viel zu klein für das große Wohnzimmer. Es riecht durchdringend nach irgendeinem Braten.

Stefan marschiert fröhlich durch das Wohnzimmer. »Frohe Weihnachten!«

Die beiden Mädchen sind im Teenageralter, ordentlich zurechtgemacht mit der Sorgfalt, die man an den Tag legt, wenn man als Teenager anfängt, sich zu schminken.

»Frohe Weihnachten«, sagen sie höflich und bieten an, etwas zu singen. Als sie mit »Am Weihnachtsbaume die Lichter brennen« geendet haben, zwinkert Stefan ihnen zu und fragt, ob sie auch »Last Christmas« können. Sie kichern, aber sie singen schön, und beide bekommen sorgfältig verpackte Geschenke.

Der ganze Weihnachtsabend ist etwas beschwingter, als wir uns verabschieden.

Auf der Straße ist es fast schon dunkel. Die Lichtkreise der Laternen zwischen den kahlen Ästen der Bäume sind groß und golden.

»Wohin jetzt?«, frage ich Stefan eifrig, und er lächelt.

»Die nächsten Familien sind alle in den Elbvororten, Nienstedten und so. Mein Auto steht hier um die Ecke.«

Der alte, weiße Mittelklassewagen ist einige Straßen weiter ordentlich geparkt, aber unter dem Scheibenwischer klemmt trotzdem ein Strafzettel. Stefan nimmt ihn, ohne auch nur einen Blick darauf zu werfen, faltet ihn achtlos und wirft ihn in die Mittelkonsole. Etwas sorgfältiger zieht er den Weihnachtsmannmantel aus und legt ihn auf den Rücksitz. Er trägt ganz normale Kleider darunter, eine schwarze Stoffhose und einen dunklen Pullover über einem hellgrauen Hemd. Ich komme mir seltsam neben ihm vor in meinem hellblauen Kleid, als ich den Umhang und die Flügel auf den Rücksitz lege und einsteige.

Stefan lässt den Motor an und fährt los, das Autoradio erwacht zum Leben und spielt das Weihnachtsprogramm des Norddeutschen Rundfunks. Jenseits der Windschutzscheibe zieht das stille, weihnachtliche Hamburg vorüber. Wir fahren am Bahnhof Dammtor vorbei, und die Lichter an der Fassade und die großen Sterne in den Rundbogenfenstern, die ich sonst immer kitschig fand, erscheinen mir heute schön. Als wir den Bahnhof passiert haben, recke ich den Hals, um einen Blick auf das Panorama der Innenstadt rund um die Binnenalster zu erhaschen, die erleuchteten Fassaden der Kaufhäuser und den Weihnachtsbaum auf dem Ponton der Alsterfontäne, aber ich bin mir nicht sicher, dass ich wirklich etwas gesehen habe, ehe wir abbiegen. Stefan sieht mich von der Seite an und lächelt.

»Was würdest du heute Abend tun, wenn du nicht der Weihnachtsengel wärest?«, fragt er.

»Nicht viel«, antworte ich langsam. »Meine Eltern haben sich im Sommer getrennt. Meine Mutter veranstaltet ein großes Weihnachtsfest mit ihrer ganzen Familie, meiner Großmutter und sämtlichen Tanten, und mein Vater feiert mit seiner neuen Freundin. Ich hatte auf beides keine Lust.«

»Ich verstehe«, sagt Stefan ruhig. »Tut mir leid.« Er sagt es ganz gelassen, aber es klingt trotzdem nicht wie eine Floskel.

Ich nicke stumm, aber dann nehme ich mir doch ein Herz. »Und du?«, frage ich.

»Meine Eltern sind schon seit ein paar Jahren tot«, antwortet Stefan und hebt abwehrend die Hand, als ich betroffen aufsehe und etwas sagen will. »Schon gut. Ich könnte mit der Familie von meinem Bruder feiern, aber …« Er lächelt. »Eigentlich gefällt es mir ganz gut, der Weihnachtsmann zu sein, überall ein und aus zu gehen, wie ich es für richtig halte und auch einmal etwas von Weihnachten zu haben.«

Etwas an seinem Tonfall irritiert mich, ich sehe ihn von der Seite an. Bunte Lichter spielen im Seitenfenster des Autos. Wir fahren über die Reeperbahn, die so aussieht wie an einem beliebigen Abend in der Woche, große Leuchtreklamen, hier und dort ein paar Fußgänger.

»Macht dir das wirklich Spaß?«, frage ich unwillkürlich.

Stefan wirft mir einen kurzen Blick zu. »Nicht immer«, sagt er. »Aber meistens schon, besonders hinterher. Und warte ab, bis du Blankenese an Weihnachten siehst.«

Ich hatte nicht gedacht, dass ich die Elbvororte einmal noch stiller und feierlicher finden könnte, als sie es ohnehin schon sind. Stefan ist irgendwo von der Elbchaussee abgebogen und fährt durch stille Straßen, mit vornehmen Häusern und dunklen Gärten. In den Villen sind meist nur die Fenster im Erdgeschoss erleuchtet. Hier und dort ist ein Tannenbaum oder ein Strauch mit Lichtern geschmückt.

An einer kleinen Kreuzung parkt Stefan das Auto am Straßenrand. »Es ist dort vorne«, sagt er und deutet in die Straße hinaus. »Wir sollten laufen, es muss niemand sehen, dass der Weihnachtsmann mit dem Auto und nicht mit dem Rentierschlitten kommt.«

Das Haus ist eine kleine, weiße Villa, alle Fenster sind hell, hinter den Gazegardinen bewegen sich lebhafte Schatten. Es ist Musik zu hören, nicht sehr laut, aber sie passt trotzdem nicht in die stille Straße.

Stefan öffnet ohne Umstände die kleine Gartenpforte. An der Haustür dauert es lange, bis auf unser Klingeln endlich geöffnet wird. Eine Frau steht auf der Schwelle, fast bin ich über ihre Erscheinung erschrocken, trotz des eleganten Kleides. Sie schwankt ein wenig auf ihren hohen Absätzen, ich rieche Alkohol, obwohl ich einen halben Schritt hinter Stefan stehe. In der freien Hand hält sie eine brennende Zigarette.

»Kommen Sie herein«, sagt sie langsam, bei ihren ersten Silben hört man noch, dass sie sich Mühe gibt, die Worte sorgfältig auszusprechen, aber dann ist da schon ein Lallen in ihrer Stimme. »Wir dachten nicht, dass Sie noch kommen.« Es hätte ein Vorwurf sein können, aber so, wie sie es sagt, mühsam artikulierend, klingt es völlig gleichgültig. »Die Kinder sind im Weihnachtszimmer.« Sie tritt zurück und in den Flur hinein. Durch eine offene Tür erhasche ich einen Blick auf ein Wohnzimmer, in dem Erwachsene stehen, trinken und sich unterhalten, aber sie weist zur Seite auf eine angelehnte Tür.

»Fröhliche Weihnachten«, sagt Stefan ernst. Ich werfe einen raschen Blick durch den Flur, auf eine übervolle Garderobe, eine steile Treppe in das Obergeschoss hinauf. Als ich mich wieder zu der Dame umwenden will, ist sie plötzlich verschwunden. Stefan zuckt unmerklich die Schultern und öffnet dann mit großer Geste die Tür. »Fröhliche Weihnachten!«

Vor den bodentiefen Fenstern des Zimmers steht der Weihnachtsbaum, übervoll geschmückt. Auf den beiden großen Sofas und auf dem Parkettboden liegt überall Geschenkpapier herum, geöffnete Spielzeugkartons und Verpackungen. Die Kinder, die dazwischen auf dem Boden sitzen, sehe ich erst auf den zweiten Blick. Es sind drei Jungen und zwei Mädchen, der älteste bestimmt schon zehn, die anderen etwas jünger.

»Der Weihnachtsmann«, jauchzt einer der Jungen und springt auf Stefan zu, die anderen folgen zögerlicher. Stefan beugt sich zu dem Kleinen herunter, als der ihn ziemlich unsanft am Mantel zieht.

»Warum kommst du erst jetzt? Wir haben unsere Geschenke doch schon.«

»Ich habe aber noch mehr.« Stefan beugt sich zu ihm hinunter, und reicht ihm ein kleines Paket aus dem Jutesack. »Eigentlich muss man an Weihnachten ja immer ein Gedicht aufsagen können, aber weil wir zu spät gekommen sind, müssen das dieses Jahr nur die Kinder tun, die auch möchten. Weiß jemand eins?«

Stille breitet sich aus, bis eines der Mädchen zögerlich ein großformatiges Buch vom Boden aufhebt und es mir geöffnet entgegenstreckt.

»Kannst du das vorlesen?«, fragt sie.

Etwas verblüfft nehme ich das Buch entgegen. Es sind altertümliche Weihnachtsgedichte, mit großen Illustrationen.

Stefan wirft einen Blick über meine Schulter und nickt mir gemessen zu, aber seine Augen glänzen. »Der Weihnachtsengel liest euch vor«, sagt er feierlich. »Ich komme gleich zurück.«

Ich sehe ihm erstaunt nach, aber da sind fünf Kinder, die mich neugierig ansehen. Langsam lasse ich mich auf dem Sofa nieder und fange an, ein langes, altmodisches Gedicht vorzulesen. Die Kinder hören gebannt zu, trotzdem kommt es mir wie eine Ewigkeit vor. Ich bin erleichtert, als Stefan lautlos wieder das Weihnachtszimmer betritt. Mit feierlichen Gesten verteilt er bunt eingepackte Geschenke.

»Wir müssen jetzt gehen«, sagt er bedauernd, als ich geendet habe. »Fröhliche Weihnachten!«

Ich reiche dem Mädchen das Buch zurück und folge Stefan in den leeren Flur hinaus. Hinter uns dringt die Musik aus dem Wohnzimmer. Niemand nimmt Notiz von uns, als wir das Haus verlassen. Im Licht der Straßenlaternen funkeln die feinen Regentropfen auf meinem Wollpullover.

Erst in Sichtweite des Autos bleibe ich stehen.

»Was hast du da alleine im Haus gemacht?«, frage ich Stefan und versuche, ihm ins Gesicht zu sehen.

Es ist ein seltsamer Unterton in seiner Stimme, als er antwortet. »Nichts. Ich war auf der Toilette.«

Ich strecke unvermittelt die Hand aus und fasse in die Falten des Jutesackes, kann ihm den groben, braunen Stoff aus der Hand winden. Er macht einen Schritt auf mich zu, als wolle er mir den Sack gewaltsam wieder entreißen, dann besinnt er sich und macht eine beschwichtigende Geste, um danach die Arme zu verschränken und mich herausfordernd anzusehen.

Ich würdige ihn keines Blickes, als ich die Öffnung des Sackes auseinanderschlage. In den Falten des braunen Stoffes liegen oben noch einige von den bunt eingepackten Geschenken, aber auf den ersten Blick wird ersichtlich, dass der Weihnachtsmann noch wertvollere Dinge mit sich herumträgt. Unter den Paketen liegen Geldscheine, Fünfziger, Zwanziger, auch ein grüner Hunderteuroschein. Als ich die Falten des Sackes hin- und herschüttele, sind da auch noch andere Dinge, eine große Herrenarmbanduhr, die sehr teuer aussieht, und ein kleines Schmuckdöschen ohne Deckel, in dem ein Ring steckt.

Für einen Moment bin ich ganz starr, obwohl ich geahnt habe, dass etwas nicht stimmt. Wortlos fasse ich den braunen Stoff an der Öffnung des Sackes fest zusammen und wende mich zu Stefan um.

»Das darf nicht wahr sein«, sage ich fassungslos. »Du bestiehlst die Familien, die du als Weihnachtsmann besuchst?«

Stefan erwidert meinen Blick, ohne zu antworten.

»Gib' mir die Autoschlüssel«, fordere ich heiser.

Er greift unter seinen Mantel und wirft mir den Autoschlüssel zu. Es gelingt mir, ihn zu fangen, auch wenn ich bestimmt keine elegante Figur dabei abgebe, im Kleid und mit dem Jutesack in der Hand. Entschlossen gehe ich auf das Auto zu und will auf der Fahrerseite einsteigen. Ich habe die Flügel vergessen, die Pappe bleibt an der Türöffnung hängen. Mit zusammengebissenen Zähnen streife ich Flügel und Mantel ab und steige dann ein, den Jutesack im Fußraum unter meinen Sitz stopfend.

Stefan hat längst seinen roten Mantel ausgezogen und ist auf der Beifahrerseite eingestiegen. »Und nun?«, fragt er.

Ich schweige. Ich weiß nicht, was ich sagen soll.

»Wir könnten teilen, weißt du«, schlägt Stefan vor.

Ich gehe nicht darauf ein. »Warum tust du das?«, frage ich dann.

Stefan zuckt die Schultern. »Es ist leicht, und es macht Spaß. Niemand ist aufmerksam am Heiligen Abend, und überall liegen Geschenke herum, meist auch irgendwo Bargeld.« Er macht eine kurze Kopfbewegung nach hinten. »Du hast gesehen, wer diese Leute sind, die einen Weihnachtsmann bestellen und bereit sind, dafür zu bezahlen. Sie merken es nicht einmal, wenn am nächsten Morgen etwas fehlt.«

»Woher willst du das wissen?«, frage ich müde.

»Ich mache das schon ein paar Jahre. Es hat sich noch nie jemand bei der Weihnachtsmannvermittlung beschwert oder auch nur gemeldet«, antwortet er nüchtern. »Man darf es eben nicht übertreiben, nie das ganze Geld nehmen, wenn irgendwo ein Umschlag herumliegt.« Er neigt den Kopf. »Ich sehe nicht ein, warum ausgerechnet der Weihnachtsmann am Heiligen Abend leer ausgehen sollte.«

Ich weiß nicht, was ich denken soll. »Warum wolltest du mich dabeihaben?«, frage ich, geradeaus starrend.

»Ich weiß es auch nicht«, sagt Stefan ehrlich. »Ich glaube, ich dachte, dass es dir genauso geht wie mir, dass du den Abend so etwas netter verbringen könntest als allein zu Hause. Wahrscheinlich wollte ich dir auch ein Geschenk machen.«

Ich bin für einen Moment sprachlos.

»Du warst großartig darin, sie abzulenken«, sagt Stefan auf mein Schweigen hin. »Zwei Familien haben wir noch. Wir sollten zusammenarbeiten.«

»Ich fürchte, daraus wird nichts«, sage ich knapp. »Steig' aus.«

»Was?«, fragt Stefan verdutzt zurück, ehe er wieder in seinen ruhigen Tonfall verfällt. »Was willst du machen? Du kannst nicht zur Polizei gehen. Dann bekommst du genauso viele Schwierigkeiten wie ich. Niemand wird dir glauben, dass du für einen Freund, den du kaum kennst, den Weihnachtsengel spielst und es nicht merkst, wenn er etwas mitgehen lässt.« Seine Stimme wird noch ruhiger. »Eigentlich bist du mir doch dankbar, dass ich dich mitgenommen habe. Wenn ich es vorhin nicht übertrieben hätte, hättest du nicht einmal etwas geahnt. Du hättest dich gefreut, dass wir so vielen Kindern eine Freude machen.«

Ich weiß, dass er recht hat, aber ich sehe weiter starr nach vorne. »Steig' aus«, wiederhole ich.

Ich finde nicht, dass ich sehr entschlossen klinge, aber Stefan steigt tatsächlich mit langsamen Bewegungen aus. In dem Pullover, unter dem ordentlich der Hemdkragen hervorsieht, sieht er fast so aus, als würde er selbst irgendwo hier in einer Villa Weihnachten feiern, nur, dass es eine regnerische Nacht ist und sein Pullover ziemlich dünn. Ich beuge mich zur Tür der Beifahrerseite hinüber, ziehe sie mit einer schnellen Bewegung zu und drücke den Knopf der Verriegelung herunter, ehe ich das Fenster einen Spalt weit öffne. Stefan sieht immer noch ganz verwundert aus, als er die Finger auf die obere Kante der Scheibe legt. »Was willst du machen?«, fragt er.

»Ich weiß es nicht«, antworte ich ehrlich. »Aber ich werde nicht zur Polizei gehen. Mein Weihnachtsgeschenk an dich.«

»Willst du mich wirklich hier stehen lassen?«, fragt Stefan ungläubig. »Ich habe nicht einmal Geld für den Bus.«

»Du kannst ja versuchen, an eine Tür zu klopfen«, antworte ich. »Lasst mich ein, ihr Kinder, ist so kalt der Winter ...« Ich bin mir nicht ganz sicher, wie das Lied weitergeht, deshalb starte ich den Motor. Stefan kann seine Finger gerade noch aus dem Fensterspalt ziehen, als ich anfahre.

Ich kenne die kleine Kirche in Wandsbek vom Vorbeifahren, ein schlichter Backsteinbau aus den sechziger Jahren, zwischen den eintönigen Wohnblocks. Manchmal sieht man ein paar abgerissene Gestalten vor der Kirche herumlungern, ich weiß, dass sie eine Suppenküche oder einen Aufenthaltsraum für Obdachlose haben. Eigentlich habe ich die Kirche noch nie anders als still und leer gesehen, doch heute Abend ist Mitternachtsmesse. Ich höre die Orgelmusik bis auf die Straße hinaus, als ich langsam auf das Portal zugehe.

Der Jutesack liegt noch im Auto, aber er ist leer. Zum einen sind die eingepackten Geschenke verschwunden, denn ich bin der Weihnachtsengel und habe sie noch zu den braven Kindern gebracht, für die sie bestimmt waren, zu zwei jungen Familien in einer Neubausiedlung. Den Ring habe ich am S-Bahnhof Bahrenfeld in eine Fensternische gelegt, ein Geschenk für jemanden, den ich nicht kenne. Ich wusste nicht, was ich sonst tun sollte, aber es fühlte sich nicht falsch an. Am Hauptbahnhof habe ich die Herrenuhr einem Obdachlosen gegeben, ganz eilig, im bunten Licht der kitschigen Weihnachtsbeleuchtung habe ich nicht einmal richtig sein Gesicht gesehen, auch das scheint mir auf seltsame Weise gerecht. Nun habe ich nur noch das Bargeld, ich habe es nicht gezählt, aber wenn man es glatt streicht und bündelt, sieht es eigentlich nicht mehr nach viel aus.

Die Kirchentüren sind weit offen, im hinteren Teil drängen sich die Stehenden. Der Geruch von feuchten Jacken und zu vielen Menschen schlägt mir entgegen. Ich bleibe zögernd stehen.

Auf der Stufe des Portals sitzt ein kleiner, grauhaariger Mann und raucht. Er hat keine Mühe, in mir den Weihnachtsengel zu sehen, auch wenn ich die Flügel und den Umhang im Auto gelassen habe.

»Das ist gleich vorbei, da drin«, sagt er und schenkt mir ein zahnloses Lächeln. »Bisschen spät gekommen, das Engelchen.«

»Viel zu tun«, antworte ich, erst überrascht, dann amüsiert. »Und dann ist mir auch noch mein Weihnachtsmann abhanden gekommen.«

»Nie ist Verlass auf die Kerle, was?«

Ich muss lachen und nicke, dann strecke ich ihm einfach das kleine Bündel Geldscheine entgegen. »Können Sie mir einen Gefallen tun und das nachher für die Kollekte geben?«

Er streckt die Hand nur halb aus und sieht mich dann an, halb ungläubig, halb misstrauisch. »Wirklich?«, fragt er zurück. »Und wenn ich's behalten würde?«

Ich zucke die Schultern.

»Weihnachten ist ja auch die Zeit der Vergebung.«

Katharina Joanowitsch

Hauptbahnhofblues

Hamburger Hauptbahnhof, 24ter Dezember

Alwine

›Suche Winterdepressive zum gemeinsamen Flennen!‹. Das Internet war voll mit seltsamen Angeboten, kuriosen Wünschen, verzweifelten Suchen, abseitigen Sehnsüchten. Der Ausdruck »Flennen« hatte Alwine kurz zum Lachen gebracht und, wie sie sich jetzt erinnert, gleich darauf ungewohnt wütend gemacht. Vor drei Wochen ist sie auf diese Anfrage gestoßen, seitdem ist kein Tag vergangen, an dem sie nicht mit der Anderen gechattet hat. Sie wärmt ihre klammen Finger am heißen Punschbecher, saugt den würzigen Duft ein und blickt finster zwischen ihren schütteren Ponyfransen hindurch in das volle MUTTERLAND. Heiligabend! So viele feierwütige Gesichter, so viele überflüssige Geschenktüten, so viel Fröhlichkeit – verdammt! Alwine schnaubt verächtlich durch die Nase. Winterdepression ist nicht zum Lachen. Das ist S.A.D. oder in Langfassung »Seasonal Affective Disorder«. Sagt Jette, ihre Chatroomfreundin, mit der sie, Alwine schiebt ihren Pulswärmer zurück, in einer halben Stunde verabredet ist, in der Wandelhalle des Hauptbahnhofs, am Durchgang zu Gleis 12. Verabredet zum – sie senkt den Kopf und ein kühler Ernst überzieht für einen winzigen Moment ihr Gesicht. »Gemeinsames Geist aufgeben« hieß der Plan in weihnachtlich politischkorrekter Version. Schluss jetzt mit Lichttherapie und unwirksamen Pillen. Schluss mit dem Gebarme um die verlorene Liebe, mit den ständigen Vertröstungen. Der letzte Ausweg aus ihrer existenziellen Sackgasse war: die Flucht in die schwarze Welt. Und Jette kannte die 100%-Methode. »Wir gehen mit Pomp und Trara!«. Ein Lächeln huschte über ihre Lippen.

Hier im MUTTERLAND-Café hatte Alwine Walter kennengelernt. Der Zweiertisch im Schaufenster hinter der kniehohen Raffgardine war ihrer. Auf den rosa lackierten Holzsesseln, von denen aus man gerade noch die Kunsthallenkuppel sehen kann, haben sie häufig gesessen, Hände und Blicke ineinander verschlungen. Jetzt sitzt dort ein anderes Paar. Alwine schluckt trocken beim Anblick dieser strahlenden Unbeschwertheit. Die Bedienung heute ist neu, unverschämt jung und glatt. Ihr flüchtig desinteressierter Blick aus kajalumflorten Augen, ohne Wärme, beim Herauszählen des Wechselgeldes, bestätigt Alwine ihr eigenes Verblassen. Mit Vierzig fing sie an zu verschwinden, nun mit über Fünfzig scheint sie transparent geworden. Männerblicke gehen schlicht durch sie hindurch. Am Tresen vor dem Ausgang kauft Alwine spontan einen Schokoladenweihnachtsmann in eisblauem Stanniol, unfassbare 250g schwer. Gierig reißt sie das Stanniol auf und bricht ein Stück der Weihnachtsmannmütze ab. Ihr Gehirn funkt mal wieder: Walter in Endlosschleife, aber die Schokolade besänftigt.

Als sie quer durch die Wandelhalle zu den Gleisen geht, schallt ihr Musik entgegen. Nicht die Dauerberieselung, die zum Vertreiben von Pennern und Drogis ständig aus den Lautsprechern sickert, früher klassische Musik, heute Chillmusik, sondern ›Live‹-Musik. Weihnachtslieder im Bläsersatz. Ein weiteres Stück aus dem Schokoladenmann verschwindet in ihrem Mund, der zugleich beginnt, den Choral »Maria durch ein' Dornwald ging«, an der Schokolade vorbei mitzusummen.

Jette

Das ist ja kaum auszuhalten. Jette spürt die Musik wie etwas Warmes, das sie flutet und fast schon bis zur Kehle gestiegen ist, weiter steigt bis in die Augenwinkel. Sie ist nicht musikalisch genug, um zu verstehen, was sie hört. Vielleicht ergreift es sie deshalb mit Haut und Haar. Und das ausgerechnet jetzt und hier in der zugigen Wandelhalle des Hauptbahnhofes, auf ihrem Weg ins … Nirwana.

»O du Fröhliche.« Ein weiteres Herz durchfeuerndes Stück steigt aus dem großen Kreis des Posaunenchores auf, der den Ausgang zur Spitalerstraße blockiert. Dreißig Instrumente, dicht gedrängt, spiegeln die weihnachtliche Dekoriesenkugel wider, die von der Decke des Hauptbahnhofs hängt. Jette stand zuerst in der Nähe der Tuba, in deren Goldmessingröhre sie sich als lächerlicher lila Wurm mit rotem Igelkopf erkennt. Aber der geöffnete Posaunenkoffer, der die Spenden für die Bahnhofsmission aufnehmen soll, hat sie verrückt gemacht. Dauernd drängelte sich jemand neben sie, um einen Schein oder Münzgeld hineinzuwerfen. Inzwischen hat sie sich auf die andere Seite gestellt, gleich hinter die Trompeten, damit sie den Durchgang zu den Gleisen im Blick hat, in dem bald Alwine auftauchen müsste. Seit 12:00 Uhr umkreist sie die dichte, atmende Menge, die nach feuchten Mänteln, süßem Punsch und Parfümproben riecht. Die, wie sie, ständig in Bewegung ist, drängt und flutet, verharrt und weiterhastet. Jette hat das sonderbare Gefühl, der Posaunenchor spiele nur für sie. Die Bässe tönen schokoladenbraun, die Trompeten strahlen zitronenhell, dazwischen versöhnen die Flügelhörner mit ihrem honigsanften Ton. Knieweich wird ihr bei den alten Weihnachtsliedern. Plötzlich drängen sich die vielen Päckchen Chloroquin und Diazepam in ihr Bewusstsein, die in ihrem Rucksack auf sie warten. Auf Alwine und sie. Noch nicht mal eine halbe Stunde bis zum Treffen! Jettes Blick streift suchend über die Menschenmenge, blickt auch hoch zur Balkonbrüstung im 1. Stock, wo sie flüchtig einen jungen Mann wahrnimmt, der mit einem großen Paket hantiert.

Heribert

Heribert Mann vergleicht seine mit der Bahnhofsuhr: gerade mal Zwölf! Erst einmal die Reserven auffüllen. Bevor er sich in die lange Schlange vor dem Kiosk einreiht, tritt er zurück in den Ausgang zur Kirchenallee. Das ist kein Weihnachtswetter, das ist Hamburger Schietwetter. Es schifft seit Tagen und selbst das frisch geweißelte Schauspielhaus gegenüber sieht trüb aus. Er wirft einen Blick nach links zum Bieberhaus. Vorhin stand er vor der zierlichen Bronze von Heidi Kabel, gleich neben dem Eingang zum Ohnsorg-Theater und entzifferte die Gedenktafel für die ›große Volksschauspielerin‹. Heute hätte er sich glatt »De schöönste Dag in't Johr« angeschaut, vom *Hamburger Abendblatt* als »witzig und bitterbös« gefeiert. Leider gibt es heute keine Vorstellung. Es wäre ein schöner Abschluss geworden.

Seit Beginn des schmuddelig-graunassen Herbstes ist das Internetforum »suizid-area« sein nächtlicher Ankerplatz. Dort durchwühlt er einsame Nächte lang die endlosen Blogs zum Thema, das wogende Hin und Her der Methodendiskussionen, der Sinnfragen. Der Tag gestern hat seinen langsam gereiften Entschluss gefestigt. Es reicht! Heribert schließt kurz seine müden Augen. Bilder des vergangenen Tages glotzen ihn an. Gestern im Hamburger Osten, letzte Station seiner ›Tournee‹ durch diverse Einkaufscenter als Conférencier bei Modenschauen. Gleich am Centereingang erkennt er in der Spiegelsäule seinen Fauxpas: Sein Haar, sein akkurater Bubikopf, sein Markenzeichen fehlt. Statt dessen blickt ihn ein verwirrter Glatzkopf an. Ohne dieses Haar würde ihn kein, verflixt, nein, kein Schwein erkennen. BLITZ! Ausgerechnet in dem Moment tauchte Dinkel hinter der Säule auf, den Fotoapparat als drittes, hämisches Auge schussbereit vor dem feisten Bauch. Rolf Dinkel, Vertreter des Wochenblattes, dem so eine Centerreportage schon als journalistisches Highlight gilt. Heribert stürzt davon, rennt keuchend bis zur S-Bahn und rettet sich, wie ihm scheint, in höchster Not. Wenn es auch einen Tag vor Heiligabend ist, wenn es ihn auch den Job kostet. Ohne Perücke auf die Bühne? Unmöglich!

»Fünf Köm!« Heribert Mann nimmt die Flachmänner durch die Kioskluke entgegen, verstaut vier in die linke Parkatasche, in der sie klingeln wie Glasglöckchen und entschraubt die Fünfte. Er konzentriert seinen Blick auf die klare Flüssigkeit und lässt sie langsam in seine Kehle gluckern. Seine freie Hand tastet in der anderen Tasche nach den Tablettenschachteln. Er hat für seinen Abgang schon lange vorgesorgt und sich reichlich eingedeckt. Aus der Wandelhalle dringen Töne, vielstimmiges Blech. Heribert Mann versenkt den leeren Flachmann im nächsten Abfallkorb und schlendert bis zur Menschenansammlung. Er schiebt sich sutje durch bis hinter die Trompeten neben eine kleine Frau mit leuchtendem Igelschnitt.

»Tochter Zion« erklingt volltönend aus dem eng stehenden Posaunenchor. Nach der ersten Strophe dreht sich der Dirigent in Richtung Balkonbrüstung zum 1. Stock der Wandelhalle, gibt ein Zeichen und die zweite Strophe erklingt strahlend und rein im Quartettsatz. Als sich Heribert umdreht, erhascht er flüchtig die vier blinkenden Schallbecher und daneben einen jungen Mann, der mit irgendetwas hantiert.

Kevin

Sein Standort ist optimal. Direkt an der Balkonbrüstung beim Treppenaufgang zu Schweinske hoch. Kevin grinst nervös und vorfreudig. Sein Weihnachtsgeschenk ruht noch im Karton vor seinen Füßen. Gleich wird er es befreien: einen Reely X6 Hexacopter! Den kleinsten Copter seiner Klasse und mit einer Onbord Camera. 119 € bei Conrad, Wahnsinn! Vorsichtig befreit er sein Baby aus dem Papier. Süße 59 Gramm leicht. Er wird erst einmal den ›Beginner-Modus‹ wählen zur Probe und dann, wer weiß, mal einen Flip wagen. Wäre dann schon der ›Experten-Modus‹. Das wird ein Spaß! Kevin blickt herunter auf die wogende Menschenmenge und den großen Posaunenchor, der gerade »Tochter Zion« anstimmt. Gut vierzig Bläser stehen so eng im Kreis, dass sich die Notenständer berühren. Nur der Dirigent hat für seine rudernden Arme genügend Platz. In der Mitte liegen getürmt die Instrumentenkoffer. Ein Koffer liegt geöffnet auf dem Boden, in dem sich bereits Scheine und Münzen häufen, die reichlich von vorbeitreibenden Zuhörern hineingeworfen werden. Mit der Kamera (Fernsteuerung) wird er den Schatz aufnehmen können. Der Dirigent schwenkt seine Arme hoch und direkt neben Kevin erklingt »Tochter Zion« so schmetternd, dass er zusammenfährt. Vier Tröten können einen ziemlichen Lärm machen. Kevin lässt zu »Jauchzet laut Jerusalem« langsam seinen Reely aufsteigen und dirigiert ihn sanft kreiselnd hinaus in die Halle. Der Glockengießerwall draußen glänzt regensatt. Kevin lässt seinen Reely, die weiße Dekoriesenkugel umkreisen, in der unzählige blaue, rote und weiße LED-Lichter *Hamburg*, *Michel* und *Hafenbrücken* darstellen. Kevin lenkt seinen Reely runter bis er über dem offenen Instrumentenkoffer schwebt und lässt ihn wieder aufsteigen. Hoppla! Kevin kriegt einen Stoß an den Ellenbogen, als zwei Kinder sich neugierig neben ihn drängen, um auf seine Fernsteuerung zu starren. Mit einem plötzlichen Looping gerät der Reely ins Trudeln … stürzt in die Menschenmenge.

Alwine

Alwine lutscht Schokolade, während sie nach Jette Ausschau hält. Sie kennt nur das eine Internetfoto: weißes Gesichtsrund, mit wie erstaunt hochgezogenen Augenbrauen, elbkieselgraue Augen, kleiner zur Schnute verzogener Mund, rote Igelfrisur. Und Jette kennt auch von ihr nur das veraltete Foto, das ein schmales Madonnengesicht mit eng anliegendem Haar zeigt, glatt wie eine Kappe, statt der Fransen. Heute wollte Jette ihren lila Parka anhaben. Dort, neben dem großen Glatzkopf mit dem grauen Haarkranz, das könnte sie glatt sein. Alwine will sich zielstrebig durch die Menge zum Rotschopf durchwühlen, als sie eine heftige Bewegung in der Luft wahrnimmt. Ein kleines, flaches, brummendes Etwas trudelt von der Decke herunter. Das Etwas verfängt sich in den Haaren einer alten Frau direkt vor Alwine, die kreischend mit ihrem Rollator vorwärts stolpert und in die Hacken einer Bläserin gerät, die mit einem grellen Trompetenstoß seitlich zu Boden geht, wobei sie die nächste Trompete mitreißt und die wiederum den Nebenmann und der wiederum seinen Nebenmann … Aus ›In dulci Jubilo‹ wird jäh ein Free-Jazz-Cluster. Die Notenständer sind durch den Schlag ins Wanken geraten, sie stehen so dicht, dass sie wie Dominosteine nacheinander auf die Fliesen stürzen. Notenbücher platzen auf und lassen Notenblätter durch die Luft wirbeln. Der Dirigent rudert ratlos und verzweifelt mit den Armen, aber auch sein Pult purzelt polternd in Richtung Posaunen.

Heribert

Was war das? Ein durchdringender Schrei, ein vernehmlicher Ruck und aus dem ruhig-schönen Lied ist plötzlich ein Chaos geworden. Musiker, Zuschauer, Instrumente, alles stürzt zu Boden. Heribert Mann zieht es die Beine weg. Hilfesuchend greift er neben sich und reißt die kleine Frau mit dem Igelschnitt mit sich. Als er wieder zu sich kommt, blickt er in ihre Augen, rund und glänzend wie Murmeln und ganz nah. »Tach«, murmelt Heribert verlegen. »Hallo«, haucht ihre kleine Schnute.

»Was ist das?« Ihr Blick ist auf seinen Parka gerichtet, dessen rechte Tasche aufgerissen ist, die Tablettenschachteln auf seinem Schoß verteilt. Er kommt sich vor wie ein Pharmavertreter. Heribert fängt ihren Blick auf, den Blick einer Eingeweihten, und hält ihn eine Weile fest. Er ergreift rasch seine Schachteln, stopft sie in die Tasche zu den Flachmännern und reicht der kleinen Frau seine Hände. Mit einer für ihn selbst überraschenden Heftigkeit zieht er sie an sich und in die Höhe. Das sie umgebende Chaos bemerkt Heribert gar nicht.

Selbst das Blaulicht und die Sanitäter nimmt er nicht wahr. Einzig diese Person, die ihn jetzt zart, aber bestimmt, von sich schiebt, ihren Rucksack von den Schultern nimmt und – Heribert staunt – eine Handvoll Tablettenpackungen hervorholt, die seinen wie Zwillinge gleichen.

Jette

Gestern noch ihr finsterer Entschluss, ihr letztes Posting im Suizidforumblog: »Ich gehe« – und jetzt so viel brausende Gegenwart. Zuerst von Musik überwältigt, dann schlagartig zu Boden geworfen und zugleich aufgefangen. Dieses fremde Gesicht mit den Fältchen umrandeten Augen so nah vor ihr. Unausweichlich. Unter diesem Blick, nach dieser völlig überraschenden Umarmung, muss sie wie selbstverständlich auch ihre Last offenbaren. Seine ausgestreute, tödliche Dosis mit ihrer vervollständigen. Was für ein unerwarteter Blick auf ihr Leben. Wie ein Gleichnis. Seltsam. Ein Gleichnis vielleicht für – Versöhnung? Ausweg? Das muss Alwine wissen. Unbedingt. Jette dreht sich suchend um, ach, da ist sie ja. Beinahe hätte Jette sie nicht erkannt mit den Fransen im Gesicht.

Kevin

Kevin versucht verzweifelt, im Schlamassel seinen Reely zu entdecken. Die alte Frau wird von Sanitätern versorgt. Sieht nicht so aus, als hätte sie noch seinen Flieger im Haar. Die Musiker enttüdern ihre ineinander verkeilten Notenständer und ordnen ihre Notenblätter. Die Zuschauer klopfen ihre Mäntel aus und bemächtigen sich ihrer Einkaufstüten. Die blöden Gören sind gleich beleidigt zu ihren Müttern geflohen. Kevin flucht, als er die beiden Polizisten die Treppe hochkommen sieht. Natürlich hat er keine Erlaubnis, hier eine Drohne fliegen zu lassen. Er duckt sich und hastet gebückt in Richtung Kirchenallee davon. Den Karton lässt er stehen. Ein Riesenmist. Zu gerne hätte er gesehen, was die Kamera aufgenommen hat, denn er ist sicher: Im Tohuwabohu hat jemand das Geld aus dem Posaunenkoffer gemopst.

Alwine & Heribert & Jette

Als Jette sich umdreht, schaut sie direkt in das Gesicht ihrer Chatroomfreudin. »Jette!«, kleine Schokobläschen zerplatzen an Alwines breit gezogenen Mundwinkeln.

»Alwine!« Jettes roter Igelkopf verschwindet bei ihrer Umarmung fast zwischen Alwines Wollmantelärmeln. Als er wieder auftaucht, prangt ein Schokoladenkussmund auf der Wange.

Heribert steht abwartend dabei, wie ein Fels in der Brandung, denn der Posaunenchor hat sich um sie herum zu einem Umtrunk versammelt. Aus Thermoskannen wird Punsch verteilt, und plötzlich haben die Drei jeweils einen dampfenden Thermosbecher in den Händen.

»Heribert«, sagt Heribert und lässt seine Stimme in dem warmen Timbre schwingen, das ihn im Osten Hamburgs weltberühmt gemacht hatte. Er zieht eines der Kömfläschchen aus seiner Brusttasche und verteilt es auf ihre drei Becher.

Jette und Alwine prosten ihm zu. In kleinen Schlucken trinken sie schweigend den würzigen, starken Punsch. Über dem Becherrand treffen sich ihre Augen und schwimmen in den heißen Dampfschwaden aufeinander zu. Entschlossen zerknautscht Jette schnell ihren Becher und fragt in die Runde: »Wollen wir nicht alle zusammen an die Alster gehen?«

Draußen, wie immer, Möwen in der trüben Luft. Jette und Alwine nehmen Heribert in die Mitte und schwenken rechts ab, Richtung Binnenalster. Vorbei an der eingerüsteten alten Kunsthalle. Eine gelbe Banderole rund um ihre Kuppel verkündet »Weiter offen!«.

An der Ecke zur Lombardsbrücke verweilen sie und schauen auf die gänsehaut-grieselige Wasserfläche. Nach dem Tumult im Hauptbahnhof wirkt der flutende Verkehr zwischen Glockengießerwall und Ballindamm eher wie ein ruhiger Fluss. Durch die kahlen Platanenäste blinkt die Weihnachtstanne mitten auf dem Alsterponton. Sie wirkt erstaunlich klein und ist wie immer mit Leuchtketten umwickelt.

Heribert verteilt seine Kömfläschchen und sie lassen die Glasböden aneinanderklingen. »Hein Sost secht Prost!«, improvisiert Heribert mehr recht als schlecht, aber ›mit warmem Timbre‹. Die klare Flüssigkeit verschwindet gluckernd in seiner Kehle. Dann holt er aus seiner Tasche die Tablettenschachteln und versenkt sie mit dem leeren Flachmann im Abfallkorb am Uferweg.

Jette tut es ihm gleich; auch sie hat ihren Rucksack abgestreift und die letalen Substanzen in den Abfallkorb entsorgt.

Alwine verteilt ihre klebrigen Schokoladenreste und schmeißt das geknüllte, eisblaue Stanniol hinterher.

Heribert räuspert sich, legt seine Arme um Jette und Alwine und improvisiert erneut mit etwas zögerlichem Pathos: »Erinnerung hält mich nun mit kindlichem Gefühle vom letzten, ernsten Schritt zurück. O tönet fort, ihr süßen Himmelslieder! Die Träne quillt, die Erde hat **uns** wieder!« *

** frei nach Faust I, Vers 762 – 784*

Brigitte Karin Becker

Weihnachtsschnee

»Undercover-Recherche« hatte er es genannt. Im *Piratenhorst* sollten dunkle Geschäfte laufen, da stecke eine »ganz große Story« drin, hatte er behauptet. Sandra saß an einem Ecktisch vor einem schalen *Astra* und verfluchte in Gedanken ihren Redakteur, der sie ihre Abende hier verlungern ließ.

Es war voll. Die Gäste, Hafenarbeiter, Seeleute und ein paar Prostituierte vom Straßenstrich, vertrugen viel und tranken noch mehr. In ihr dumpfes Stimmengewirr mischte sich Schlagergedudel aus dem Radio. An den Wänden hingen ausgeblichene Schiffsbilder, verstaubte Rettungsringe, Steuerräder und Positionslaternen. Der Geruch von Rauch, abgestandenem Bier und Schweiß waberte durch die überheizte Luft. Sandra atmete flach und dachte an den Duft frisch gebackener Zimtsterne. Sie trank einen Schluck von ihrem *Astra* und blätterte in einer zerfledderten *Bild*. – Eine Messerstecherei in St. Pauli, ein Container voll geschmuggelter Zigaretten im Waltershofer Hafen und wieder ein Drogentoter. Hinter dem Toilettenhäuschen auf der Winterpride in St. Georg hatte er gelegen. Es war schon der Vierte seit dem ersten Advent. Wie bei den anderen Dreien hatte man auch in seinem Blut Strychnin gefunden.

Gesprächsfetzen drangen an Sandras Ohr.

»Vierzig Tage haben wir vor Leningrad gelegen. Sechs polnische Mastgänse hatten wir für die Weihnachtsfeier bestellt, aber der Russe hat nicht geliefert.«

Sie kannte die Stimme mit dem scharfen hanseatischen Tonfall. Und auch die andere, vernuschelte.

»Meine beste Weihnachtsfeier war in Rio, auf der *Cap San Diego*. Schon mittags gab es Lebkuchen und Glühwein. Bei über dreißig Grad, hat aber geschmeckt. Abends hatten wir Ente. Mit Mangos und Papayas gefüllt und einer Kruste aus Honig und Sesam, ein Genuss. Und Geschenke gab es auch, von der Seemannsmission. Nach der Feier sind wir dann alle noch zum Mauá-Platz, du weißt schon … Nur der Alte nicht, der musste das Schiff bewachen.«

Es waren Ed und Hein, zwei ausgemusterte Seeleute, die jeden Abend neben dem Spendenschiffchen am Ende des Tresens strandeten, sich betranken und gegenseitig in ihr Seemannsgarn einsponnen. Sie steuerten wieder auf ihr Lieblingsthema, ›Nutten aus den Häfen der Welt‹, zu.

Hinter der Theke stand Jens, der Wirt. Groß und hager, mit frisch gebügeltem Hemd und Krawattenschal wirkte er zwischen seinen Gästen wie ein Leuchtturm auf sturmumtosten Klippen. Mit einem verächtlichen Zug um den Mund schielte er zu den beiden hinüber. Dann griff er unter die Theke und zog eine Whiskyflasche hervor. Mit der Flasche und drei Gläsern ging er zu ihnen. »Schaut mal, hier habe ich etwas ganz Besonderes für euch: einen Single Malt, sechzehn Jahre alt. Trinkt ihr einen mit? Geht aufs Haus.«

Sandra wusste längst, dass Jens gar nicht mittrank, und dass sämtliche Whiskys, die er Ed und Hein im Laufe des Abends noch einschenken würde, auf deren Rechnung landeten. Und sechzehn Jahre alten Single Malt gab es hier ebenso wenig wie zwanzigjährigen Rum. Nur die Flaschen, die Jens immer wieder mit billigem Fusel auffüllte.

Sie hatte den spöttischen Tonfall ihres Redakteurs wieder im Ohr, als sie daran dachte, wie sie ihm davon berichtet hatte.

»Mädel, komm' mir nicht mit so was. Gestreckter Whisky, wer will denn davon lesen. Im *Piratenhorst* läuft etwas ganz anderes, da bin ich mir sicher.« Er hatte sich in seinem Chefsessel geräkelt und Spekulatius gekaut. Sandra, auf dem harten Besucherstuhl mit den kalten, stählernen Armlehnen, hatte eine Strähne ihrer karottenrot gefärbten Haare gezwirbelt, sich auf die Lippen gebissen und sich eine Antwort verkniffen. Sie solle auch auf Kleinigkeiten achten, hatte er gesagt. Dann würde sich das Mosaik schon nach und nach zusammensetzen. Und mit den Stammgästen solle sie reden. Oder mit der Bedienung.

Als ob sie das nicht längst schon getan hätte. Mit Schaudern erinnerte sie sich an ihre Versuche, Ed und Hein etwas zu entlocken. An Eds Bieratem in ihrem Gesicht und an Heins schwielige Hand, die von ihrer Schulter zu ihrem Ausschnitt wandern wollte. Mehr als Geschichten von heldenhaft überstandenen Orkanen, Piratenüberfällen und Schiffbrüchen sowie schlüpfrigen Erlebnissen in diversen Hafenbordellen war aus ihnen nicht herauszuholen.

Sie schaute auf das Lichtermeer des nächtlichen Hafens. Hinter dem regenglänzenden Dach der Fischmarkthalle erschien der Aufbau eines Containerschiffs. An der Reling des Brückendecks leuchtete eine bunte Weihnachtskette. Selbst dort wusste man, dass Adventszeit war. Nur hier nicht. Hier herrschte ewiger November. Das Einzige, was hier leuchtete, waren die blinkende Weihnachtsmannmütze eines Gastes und Jens' feuerwehrrote *Corvette* vor der Tür.

Elena, die Bedienung, schlängelte sich mit einem Tablett zwischen den Gästen hindurch und sammelte leere Gläser ein.

»Noch eine *Astrra*?« Sie nahm Sandras Glas und stellte es auf das Tablett.

»Ja, bitte«, antwortete Sandra, ohne aufzuschauen. Sie sah nur das schmale Stück Stoff, das die Gegend zwischen Elenas engem Oberteil und ihren Leggins bedeckte. Sandra hatte aufgegeben, sie in ein Gespräch zu verwickeln. Wenn jemand etwas wusste, dann sie. Aber ihre schmalen Lippen blieben verschlossen. Sie stritt oft mit Jens, sonst sprach sie nur mit den osteuropäischen Prostituierten, die sich hier aufwärmten. In einer Sprache, die Sandra nicht verstand.

»Kommt soforrt.« Elena bahnte sich ihren Weg zurück zur Theke.

Dort stocherte Ed mit einem Springmesser in seiner Pfeife herum und krümelte die Tabakreste auf seine speckige Cordhose. Hein, schwankend und weit über den Tresen gebeugt, nuschelte auf ihn ein. Obwohl sie sich kaum noch auf ihren Hockern halten konnten, schenkte Jens ihnen großzügig in ihre Whiskygläser nach. Nebenbei zapfte er *Astra* und stellte die schlecht gefüllten Gläser auf ein Tablett. Als Elena zur Theke kam, konnte Hein wieder einmal seine Hand nicht bei sich behalten. Das kam häufiger vor. Meistens wischte Elena sie lässig weg, manchmal bedachte sie Hein dabei mit einem Schimpfwort, das niemand verstand. Diesmal aber landete die Hand auf ihrer Brust. Elena schlug sie weg, riss ein Bier vom Tresen und schleuderte es Hein ins Gesicht.

»Du Luder! Warte nur, wenn du nachher nach Hause gehst. Da werden wir es dir zeigen.« Hein zerrte ein schmieriges

Sacktuch aus seiner Hosentasche und wischte sich damit über das Gesicht.

»Ja, da wirst du uns kennenlernen«, fiel Ed ein. »Du musst doch nur mal ordentlich …« Weiter kam er nicht. Elena stieß ihn gegen die Schulter, und er polterte mitsamt seinem Barhocker zu Boden.

»Was machst du mit meinen Gästen?« Jens packte Elena am Arm.

»Ich muss mich nicht von diese Drrecksäue beleidigen lassen!« Sie wand sich los.

Ed hatte sich hochgerappelt. Auf wackeligen Beinen stand er neben Elena am Tresen und hielt sich mit einer Hand daran fest, in der anderen hatte er immer noch das Springmesser. Er zischelte etwas in Elenas Ohr und hielt ihr das Messer dicht vor das Gesicht.

»Arrschloch!« Elena wich nicht zurück.

»So gehst du nicht mit meinen Gästen um! Du entschuldigst dich sofort. Bei beiden!«, brüllte Jens sie an.

Elena bebte vor Zorn. »Ich bin höflich zu Gäste. Aberr du, du bescheißt deine Gäste. Ich weiß, was in die Whisky-Flasche ist.«

»Pass bloß auf! Sonst rede ich mal mit der Ausländerpolizei. Dann bist du die längste Zeit hier gewesen.« Jens' Stimme war leise und schneidend. Er schaute sie aus kalten Augen an.

»Dann rrede ich mit rrichtige Polizei!«

Jens lachte nur höhnisch. Elena sah aus, als wolle sie ihm gleich ins Gesicht spucken. »Ich weiß aberr auch …«

Ausgerechnet jetzt schaltete Jens die Espressomaschine ein und Elenas restliche Worte gingen in deren Brodeln unter. Sandra verstand nur »Schnee im Haifisch« und »Rattengift«. Zwei Mosaiksteine, die sie nicht einordnen konnte.

Jens machte eine wegwerfende Handbewegung und wandte sich wieder der Zapfanlage zu. Als das Glas schon randvoll war, zapfte er weiter, bis das Bier ihm über die Hand lief. Der Espresso stand noch in der Maschine, die jetzt wieder schwieg.

Sandra schaute auf das verschlissene Fischnetz, das unter der Decke aufgespannt war. Zwischen den Maschen steckten staubige, mit Spinnweben überzogene Seesterne, Krebse und Fischerkugeln. Und ein ausgestopfter Hai, aus dessen weit geöffnetem Maul Staubfäden hingen. Zwischen seinen spitzen Zähnen begann eine Kreuzspinne, ihr Netz zu weben. Irgendetwas an ihm passte nicht zu den anderen Gegenständen im Netz.

Eine bemüht heitere Stimme aus dem Radio verkündete weiße Weihnachten für Hamburg. Und tatsächlich: Hinter der blinden Fensterscheibe glitzerten im Licht der Straßenlaterne Schneeflocken und segelten langsam nach unten. Der Weihnachtsbaum auf dem Fischmarkt war schon überzuckert, auf dem Asphalt waren weiße Flecken, wie hell erleuchtete Inseln in nachtschwarzer See.

»Eine Astrra, zum Wohl.« Elena knallte das Bier auf den Tisch, sodass es schwappte. Unter der schwarzen Schminke sah Sandra Angst in ihren Augen.

Am nächsten Tag war sie nicht da. Jens persönlich brachte Sandra ihr Bier. »Was weiß ich«, knurrte er mit gesenktem Blick, als Sandra nach ihr fragte, und verzog sich wieder hinter seinen Tresen.

Sandra blätterte in der Zeitung. – Mehrere Taschendiebstähle auf dem Weihnachtsmarkt am Jungfernstieg, ein havariertes Tankschiff bei Finkenwerder und eine unbekannte Tote hinter der St. Trinitatis Kirche. Zu dem Artikel gehörten zwei Bilder. Das erste zeigte eine Hand mit schwarz lackierten Nägeln und drei zittrig in die dünne Schneeschicht gekratzte Zeichen. Ein E, ein schiefes H und etwas, das aussah, wie eine spitze Klammer. Ein verrutschtes L vielleicht. Oder ein eckiges C. Das zweite Bild zeigte die Tote. Sie lag auf dem Bauch, der Schnee neben ihr war rot. Sandra erstarrte, als ihr Blick darauf fiel. Die Leggins, der zu kurze Rock – Elena! Erstochen. Verblutet.

Jens stand mit unbewegtem Gesicht hinter der Theke und zapfte *Astra,* als sei nichts geschehen. Vor ihm saßen Ed und Hein auf ihren Stammplätzen. Ed und Hein – E und H. Der Streit gestern, das Messer ... Sandra starrte zu den beiden hinüber. Sie wussten es, sie sprachen über Elena in der Vergangenheit.

»Sie war ja eine Schlampe.«

»Das war sie. Sah aus wie eine aus der Herbertstraße, hat mit dem Hintern gewackelt, und dann keinen rangelassen.«

Ed und Hein, E und H – sollten die beiden tatsächlich Ernst gemacht haben? Als sie gestern aus der Kneipe getorkelt waren, hatten sie immer noch über Elena geflucht.

»Aber so was ... das hat sie nicht verdient. Wer das wohl gemacht hat?«, murmelte Hein in sein Glas, zog sein Sacktuch hervor und wischte sich verstohlen eine Träne aus dem Augenwinkel.

»Na ja, die hatte sicher eine dunkle Vergangenheit, da gab es wohl noch ein paar offene Rechnungen.«

Hein nahm einen großen Schluck von seinem Bier und seufzte. »Die arme Elena.«

»Jelena wird das gesprochen«, fuhr ihn Ed an. »Das habe ich dir schon so oft gesagt. Sie ist ... war aus St. Petersburg.«

Mit einem schrillen Klirren zerschellte Sandras Bierglas am Boden. Ihr Herz pochte und ihre Hände wurden feucht. – Aus St. Petersburg! Sandra wusste jetzt, was Elena in den Schnee geschrieben hatte: Das dritte Zeichen war ein C.

Unter ihrem Tisch breitete sich eine schaumige Pfütze aus. Jens kam mit einer Kehrschaufel und einem faulig riechenden Lappen und schürte Bier und Glasscherben zusammen.

Sandra rückte von ihm weg und zwang sich, ruhig und gleichmäßig zu atmen.

»Ein Neues?«

Sie nickte nur und blickte zum Fenster hinaus. Es hatte wieder zu schneien begonnen. – Schnee. Irgendetwas von Schnee im Haifisch und Rattengift hatte Elena gesagt. Sandra schaute nach oben zu dem ausgestopften Hai. Jetzt sah sie, was mit ihm nicht stimmte. Überall waren Spinnweben, nur in seinem aufgerissenen Maul nicht. Darin musste etwas versteckt sein. Aber was? Schnee und Rattengift, das ergab keinen Sinn. Da hatte sie wohl im Gebrodel der Espressomaschine etwas falsch verstanden.

Im Augenwinkel sah sie, wie Jens sich mit ihrem Bier näherte. Schnell schlug sie die Zeitungsseite mit dem Artikel über Elena um. Auf der Nächsten stach ihr eine Schlagzeile ins Auge: »Drogentote hatten verunreinigtes Kokain konsumiert«. Und plötzlich lag das Mosaik vor ihr. Hier wurde noch etwas anderes gestreckt als nur Whisky: Kokain, Schnee. Mit Strychnin, Rattengift. Und Elena hatte das gewusst.

Sie hatte den Namen ihres Mörders in den Schnee geschrieben: EHC – JeNS. Auf kyrillisch.

Frauke Angel

Hamburg mein Lametta!

Ich habe Frau Paulsen getötet.

Frau Paulsen war unsere Nachbarin und Mutter von vier Kindern, alles Jungs.

Greta weiß es noch nicht, es wird ihr das Herz brechen.

Sie mochte Frau Paulsen, sehr sogar. Manchmal klopfte Frau Paulsen an die Hintertür, und Greta ging zu ihr hinaus. Die Tür war nicht verschlossen, Frau Paulsen hätte eintreten können, wie die anderen Frauen aus dem Dorf es taten. Doch sie war nicht so. Außerdem mochte sie mich nicht. Das hat sie natürlich nicht gesagt. Aber ich wusste es trotzdem. Man merkt so etwas. Jetzt habe ich ihr Leben zerstört. Das war wirklich nicht meine Absicht.

Ein Dorf hat eigene Regeln. Die meisten davon kannten wir nicht, als wir aus Hamburg herzogen. Aber Greta hat ein gutes Einfühlungsvermögen, die emotionale Intelligenz möchte ich sagen, ist sehr ausgeprägt bei ihr, vor allem, wenn man Gretas Alter bedenkt. Meine Frau ist 30 Jahre jünger als ich.

Das war der erste Fehler.

Der zweite war das Haus, in das Greta sich verguckt hat.

Ich liebe meine Frau und gebe gerne zu, dass ich alles tue, damit Greta das Leben mit mir gefällt. Für eine baufällige Reetdachkate ein kleines Vermögen zu zahlen, halten die Friesen für genauso verrückt, wie meine Frisur, die ich trage, seitdem ich meine Frau kenne, aber ich möchte ihr gefallen, und die Glatze kommt noch früh genug.

Gleich im ersten Sommer hat Frau Paulsen meiner Frau gesteckt, dass im Dorf das Gerücht geht, sie sei eine Dirne, denn schließlich arbeite sie in der Stadt, und auch Thies vom Edeka will Greta dort gesehen haben, und von dem weiß man ja, wo der sich in Hamburg rumtreibt, seit seine Frau gestorben ist. Aber keine Angst min seute Deern, mein Sören hat ein Auge auf deinen alten Zausel, die Frauen aus'm Dorf sind nämlich auch nicht ohne, wenn der Kuchen in' Ofen soll.

Und tatsächlich borgen sich nach wie vor Nachbarinnen den Zucker von mir, selbst wenn der Weg zu uns länger ist als der zu Edeka. Aber ehrlich gesagt, bereitet es mir Vergnügen, tagsüber einen Schnack zu halten, ohne den bekäme ich höchstwahrscheinlich das Grübeln und Fernweh nach Hamburg.

Manchmal dekoriere ich deshalb sogar unsere Fensterbänke mutwillig maritim oder extravagant, damit sich neben dem Zucker ein lockerer Einstieg ins Gespräch findet, das ist bei den Fischköppen von der Küste nämlich nicht so einfach wie an der Binnenalster.

Einmal habe ich Greta zur Arbeit gefahren und bin dann auf'm Kiez bei Bizarre einkaufen gegangen, also nicht fürs Bett, sonders fürs Brett.

Greta hat gelacht, als sie von der Arbeit kam. Wir haben uns übrigens tatsächlich auf der Reeperbahn kennengelernt, weil daheim schon wieder Kuchen von den Nachbarinnen auf sie warteten.

Und auch, wenn ich an diesem Tag unseren kompletten Zuckervorrat verborgt habe, muss ich zugeben, dass ich mir beim Dekorieren albern und alt vorkam, und noch bevor Greta abends unsere Stube betrat, hatte ich die Lichterkette mit den Herzen wieder abgenommen. Auch wenn der rote Lichterschein wirklich hübsch auf der weißen Schneedecke reflektierte, so einsam kann ich gar nicht sein.

Prinzipiell kam ich alleine immer gut klar, dumm nur, dass einsam und alt im Alter immer näher zusammenrücken.

Und wenn ich am 25. Dezember morgens um sechs im Nieselregen auf'm Fischmarkt aufgewacht war, weil ich auf der Suche nach dem Heimathafen kein Ende finden konnte, stank mein Fest der Liebe mittlerweile nach ranzigem Fisch. Nicht, dass ich ein Penner war, bevor ich Greta kennen lernte, ich war lediglich ein Wrack.

Und jährlich einmal, das war klar, musste das Schiff auf Grund laufen, abgetakelt und schmucklos und das an Heiligabend. Ein bürgerliches Fest mit Lametta, aber ohne Familie zu feiern, ist schwierig.

In dem Jahr, in dem ich Greta traf, war meine Lieblings-Barfrau verliebt. Leider nicht in mich. Sie hatte die Fenster vom Familieneck mit Tannengrün und Grablichtern geschmückt und die Tür verriegelt.

Es war zwei Uhr nachts und ich nüchtern, als mich der Taxifahrer am Nobistor rausließ. Es hatte angefangen zu schneien, und der Himmel sah schön aus, beinahe friedlich, wenn man den Blick nicht auf den Boden senkte, wo sich graubrauner Schneematsch mit Erbrochenem und Konfetti vermischte und Greta mir geradewegs vor die Füße rutschte.

Ich schleppte sie in den Goldenen Handschuh ab, weil ich wusste, dass es dort einen kalten Waschlappen geben würde und einen Schnaps oder zwei auf den Schreck.

Als sie sich später mit einem Feuchttuch von Rosi den Schlamm aus dem Gesicht wischt, sehe ich erst wie jung sie ist.

Ich habe meine Frau gefragt, ob sie mit mir aufs Land ziehen würde. Hamburg wurde mir mit Greta selbst in der kalten Jahreszeit zu heiß. Wir wohnten im Erdgeschoss, Eimsbüttel zwar, aber zweimal ist nachts ein Maat bei uns eingestiegen. Ich habe einen Baseballschläger neben unser Bett gelegt und vor Greta auf John Wayne gemacht, dabei lag mir ein Köttel in der Hose, der sich gewaschen hatte.

Ich dachte, auf dem Land fällt mein Alter nicht so auf. Und so sah es zunächst auch aus.

Dritter Fehler.

Anfangs hatte ich damit zu tun, uns ein gemütliches Heim zu schaffen. Die Renovierungsarbeiten habe ich selbst durchgeführt, nur das Dach und die Elektrik sind eingekauft. Danach habe ich den Garten und zwei Gewächshäuser angelegt. Ich habe mir das Kochen beigebracht, denn Restaurants gibt es hier keine, und im ersten Winter habe ich von der Nachbarin mit dem Rumkuchen das Häkeln gelernt.

Was man als Rentner eben so macht.

Das Sportpensum erweitern.

Ich will attraktiv für Greta bleiben, ich darf mich nicht gehenlassen. Ich hatte immer Angst, dass Greta mich verlassen würde, wenn sie ihre biologische Uhr ticken hört, und ich bin noch nicht gänzlich von dieser Angst geheilt, auch wenn unsere Heirat das Damoklesschwert wesentlich höher gehängt hat.

Ich bin zu alt für Kinder, definitiv, das habe ich mit meiner Frau geklärt. Es kommt für mich nicht in Frage, meine Kinder mit dem Rollator auf den Schulhof zu begleiten. Da bin ich unromantisch. Aber im Bett bin ich durchaus romantisch. Ich liebe das feste Fleisch meiner Frau und tue alles dafür, dass sie sich nicht nach den jungen Burschen aus dem Dorf umschaut. Wenn ich der Pflaumenkuchen-Nachbarin Glauben schenken darf, bin ich erfolgreich.

Sören ist nicht erfolgreich.

Sören ist der jüngste von Frau Paulsens Söhnen.

Die drei anderen leben in Hamburg und sind Anwalt, Architekt und Agraringenieur. Wenn die drei Asse zu Besuch kommen, geht Sören auf sein Kinderzimmer.

Das hat Frau Paulsen meiner Frau beim Birnenschnaps erzählt. Und sie hat ihr auch anvertraut, dass Sören eine Ausbildung zum Fernmeldetechniker abgebrochen hat. Hamburg war zu viel für ihn. Seine Drähte sind heiß gelaufen, sodass Frau Paulsen ihn nach Hause holen musste.

Hier in unserem Haus, das damals noch leer stand, hat er dann versucht, sich das Leben zu nehmen.

Aber das ist jetzt schon 15 Jahre her.

Mehr weiß Greta nicht mit Bestimmtheit, denn dann war der Birnenschnaps alle.

Frau Paulsen war wirklich eine liebe Frau, wird meine heute weinen, und da gebe ich Greta gerne recht. Aber Frau Paulsen war nicht auf der Höhe der Zeit. Das Wort Psychologie konnte sie nicht aussprechen. Sie hatte keine Ahnung, was ihr Sohn jahrelang in seinem Kinderzimmer trieb. Sie wusste fast nichts über ihn. Nichts, außer dem, was er gerne aß. Und vielleicht nicht einmal das. Denn auf den Geschmack gekommen ist Sören erst durch mich, den alten Zausel.

Als wir ins Dorf zogen, war der jüngste Sohn von Frau Paulsen 39 Jahre alt, und noch nicht auf Jungfernfahrt, da bin ich mir sicher. 21 Jahre jünger als ich, aber 80 Kilo schwerer, dürfte es schwierig gewesen sein, bei hoher See nicht unterzugehen.

Frau Paulsen kocht Königsberger Klopse und erzählt Greta, das sei nicht immer so gewesen, sie zeigt ihr Bilder von Sören im Blaumann bei der Fernmeldefirma. Sören muskulös und schlank, berichtet mir Greta, ich kann es nicht glauben. Ich habe ihn beim Einkaufen getroffen, und von Greta weiß ich, dass er einen eigenen Kühlschrank im Kinderzimmer hat.

Bis ich es selbst sehe. Er steht am Zaun und bietet mir seine Hilfe bei der Renovierung an. Ich lehne freundlich ab, wie ich alles ablehne, was er mir in den folgenden Monaten anbietet. Ich gebe zu, ich verachte ihn.

Einen erwachsenen Mann, der in seinem Kinderzimmer wohnt und sich von Mami mästen lässt, möchte ich nicht zum Freund haben. So viel Trägheit ekelt mich an. So sehr, dass ich nicht hingucken mag. Ich gucke lange nicht. Und als ich das nächste Mal einen Blick riskiere, erkenne ich ihn nicht sofort.

Erst als Frau Paulsen vor unserer Hintertür steht und schimpft, dass Sören seine Suppe wieder nicht gegessen hat.

Mit Suppe meint sie das Gulasch, Greta nimmt den Topf für uns dankbar entgegen. Sie streichelt Frau Paulsen sanft über den Arm und reicht ihr ein Taschentuch. Unsere Nachbarin ist aufgelöst, weil ihr Sörli sich den Vollbart abgenommen hat. Der Schweiß vom Radfahren und Rudern störe ihn darin.

Auf dem Gulasch schwimmen Fettaugen.

Tatsächlich sehe ich Sörli das nächste Mal nach dem Einkaufen auf einem Weltklasse-Rad an mir vorbeiziehen. Beinahe hätte ich ihn wieder nicht erkannt. Er sieht jetzt so gescheit aus, findet meine Frau, irgendwie wach. Das mag am Abitur liegen, für das Sören im Kinderzimmer lernt, spekuliert Frau Paulsen, unglücklich, weil ihr Jüngster auch die Schale mit den Nüssen nicht anrührt, dabei steigern die das Denkvermögen.

In diesem Jahr bringt uns Frau Paulsen am 25. Dezember ihre Weihnachtsgans rüber. Unangetastet. Greta reicht ihr ein Taschentuch.

Im neuen Jahr kommt Bewegung in das Nachbargrundstück. Frau Paulsens herrschaftliches Landhaus, das seit dem Tod ihres Mannes von der Substanz zehrt, erblüht erneut, während die alte Dame plötzlich welkt. Sörli lässt seiner Mutter keine Aufgaben. Er renoviert, stutzt und pflanzt tagsüber, abends lernt er und sportelt zusätzlich. Er zaubert ein Heim, das ihm gehören wird, weil Architekt, Anwalt und Agraringenieur das Haus mitleidig verschenkt haben, als der kleine Bruder in unserem Haus versucht hat, sein Ass aus dem Ärmel zu ziehen. Greta herrscht mich an: »Sei nicht so gehässig!« Aber so sehe ich das.

Nebenan bereitet Sören Paulsen ein Leben vor, das zu seinem neuen Körper passt, und darin hat seine Mutter keinen Platz. Allein eine winzige Kammer überlässt er ihr: Die Schnapsbrennerei, aus der Greta jetzt unsere Nachbarin manchmal ins Bett geleitet. Die alte Dame ist immer öfter verwirrt, und meine Frau übt sich beinahe aufopfernd in Nachbarschaftshilfe.

Greta ist zugezogen, sie hat in Hamburg studiert, irgendwas mit Sozialpädagogik, aber jetzt arbeitet sie in einer Buchhandlung. Sie isst gerne, was man aber nicht sieht. Den Kiez kennt sie nicht wirklich. Sie weiß zwar, wo man auch nachts um vier etwas Schnelles auf die Hand bekommt, aber wo man originell trinken kann, ist ihr neu.

Nachdem wir ihren Knöchel im Goldenen Handschuh gekühlt und ich mich vorgestellt habe, stoßen wir auf das Kind in der Krippe an, schließlich ist heute Heiligabend, woran Rosi uns lautstark erinnert.

Rosi singt herzergreifend: Maria saß weinend im Garten. Ich sehe, dass Greta gerührt ist, aber ich kenne Rosi, und weiß, dass sie genauso gut austeilen kann, wenn sie erst ihr Gebiss einsetzt. Doch das drückt heute, und sie desinfiziert mit Schnaps, den ich bestelle, bis ich merke, dass die Stimmung bald kippen wird. Das ist nicht böse gemeint von Rosi, das ist Gesetz. Greta bekommt feuchte Augen, als Rosi von der Orange anfängt, das erste Weihnachtsgeschenk ihres Lebens, das sie bekam, als sie mit 16 von Ostpreußen nach Hamburg einwanderte. Der Duft der Orange und der von Fisch würde sie ein Leben lang mit diesem Kiez verbinden, der sie so freundlich aufgenommen hat, wie Jesus Christus als Baby von den wilden Tieren des Dschungels aufgenommen wurde, und jetzt kommt Rosi langsam durcheinander.

Noch bevor sie erzählen kann, dass die Orange der erste bescheidene Lohn von ihrem Luden war und wie schön ihre Zähne damals noch aussahen, noch bevor sie zum Beweis das Foto hervorkramen kann, so wie sie es jede Weihnacht macht, noch bevor Greta weinen kann, weil sie wirklich erschüttert wäre über das Mädchen, das bildhübsche mit dem schwarzen Haar im Matrosenkleidchen, im Hintergrund die vereiste Elbe bei Övelgönne, noch bevor Stuttgart-Toni hereinkommen kann und Rosis Kopf auf die Tischplatte donnert, noch bevor sie sich an sein Bein hängen wird und betteln, um ein Bier und 'nen Klaren, noch bevor ich mich grade machen muss und Härte zeigen, für die ich eindeutig viel zu alt bin, mache ich mich mit Greta aus dem Staub.

Ich schiebe Rosi einen Zwanziger zu, hake meine zukünftige Frau unter und watschel mit ihr rüber in den Silbersack. Dort wird die Stimmung jetzt noch freundlich sein. Die ersten Nutten werden von der Weihnachtsschicht rüberkommen, um sich zu stärken. Heiner wird wie alle Jahre mit seinen Stullen am Tresen stehen. Und die Mädels vom Straßenstrich werden sich Hände und das Herz am Glühwein wärmen. Aus der Musikbox wird: *Die weißen Tauben sind müde*, scheppern. Das weiß ich, weil ich den Titel auswählen werde. Die Mädels werden sich für die Runden bedanken wollen, aber dieses Jahr Abstand nehmen, weil ich eine Frau dabei habe, die keine Nutte ist und die nicht nach Fisch riecht. Wir würden noch drei, vier Getränke zu uns nehmen, dann würde ich sie küssen. Ich würde nichts riskieren und sie noch vor der Morgendämmerung mit nach Hause nehmen.

In meinem Leben hatte es keine bessere Weihnacht gegeben als diese.

Ich liebe meine Stadt.

Als meine Frau gestern Morgen zur Arbeit gefahren ist, kam Frau Paulsen rüber zu mir. Sie schlich tatsächlich durch die Hintertür, einfach so, ohne Vorankündigung. Dann hat sie die Tür von innen verschlossen und die Flasche auf dem Tisch abgestellt. »Moin.«

Dies sei der beste Birnenschnaps weit und breit. Und sie hätte noch mehr davon. Viel mehr. Das würde ihr Abschiedsgeschenk, denn wir müssten gehen. Nein, sie mag mich nicht, aber das sei nicht der Grund. Auch meine liebe Frau könne das nicht mehr hinbiegen. Es ist nunmal so, dass ihr Sörli gesehen hat, was geht. Was noch geht, im Leben. Das geht aber nicht. »So einfach geit das nich!« Drei erfolgreiche Söhne schicken Postkarten aus Honolulu, das reicht. Den vierten behält sie für sich. Für den kocht sie Gulasch und Schokoladenpudding. Aber jetzt ist ihm endgültig der Appetit vergangen. Wie im Krieg sieht er aus, nur noch Haut und Knochen. Und Bücher liest er, Musik hört er, die kennt sie nicht, die hat noch nie jemand in ihrem Haus aufgelegt. Und jetzt bittet Sie mich zu gehen, damit wieder Frieden einzieht. »Bitte gehen Sie!«

Der alte Zausel schließt die Hintertür wieder auf, weil er vorne die Nachbarin von gegenüber mit einer Kuchenplatte kommen sieht. »Tut mir leid, dass ich Ihnen nicht helfen kann, aber vielen Dank für den lecker Schnaps.« Frau Paulsen schwankt leicht durch die Hintertür. Später, als ich den Zupfkuchen im Wirtschaftsraum kühlstellen will, sehe ich in ihrem Kämmerlein Licht brennen.

Dort hat sie sich heute Nacht stranguliert. Der Dorfarzt spricht von einer unglücklichen Verkettung der Umstände unter Alkoholeinwirkungen, und ich kann sehen, wie Sören ihm zum Dank einen 50 Euro Schein und eine Flasche in die Hand drückt. Selbstmörder liegen hier nämlich außerhalb. Da stirbt sich's in Hamburg humaner.

Meine Frau ist geschockt.

Es ist Abend, und draußen bläst ein scharfer Nordwind.

Ich schenke Schnaps ein und zwinge sie, zu schlucken.

Greta klammert sich an mich, ihr Hals brennt heißer als ihre Muschi.

Wir lieben uns wie seit Jahren nicht mehr. Im weich zeichnenden Mondlicht fühle ich mich unbesiegbar und 30 Jahre jünger als gestern. Ich knipse die Lampe über dem Küchentisch an und betrachte meine Frau. Gucke ganz genau hin. Es ändert nichts. Sie ist wunderschön.

Ich weiß, dass Sören am Fenster steht und auch guckt. Heute darf er das. Ich habe seine Mutter getötet, und es tut mir leid. Dann trage ich die schöne Greta ins Bett.

Nachts um drei steht meine Frau auf und zündet eine Kerze für Frieda an. Frieda ist Frau Paulsen. Und Frieda sei wie eine Mutter für Greta gewesen. Greta ist untröstlich. Sie weiß nicht, wie ihr Leben jetzt noch einen Sinn ergeben soll. Vielleicht, wenn sie selber Mutter würde.

»Komm schon.« Sie sieht mich aus verheulten Augen an.

Ich schüttel den Kopf.

»Wenn du stirbst, bleibt mir nichts.«

Ich gehe in den Garten. Draußen schneit es. Greta schreit.

»Um ein Kind zu erziehen, braucht es ein Dorf. Das Dorf hab ich!«

Es ist Winter geworden.

Keine gute Zeit, ein Haus zu verkaufen.

Bald ist Weihnachten.

Ich sehe Sören an der Hintertür stehen. Er sieht gut aus. Irgendwie lässig.

»Ahoi.« Ich fahr jetzt nach Hamburg.

Bin gespannt, ob die Fensterbank im Familieneck geschmückt ist und ob Rosi dieses Jahr Gebiss trägt.

Stephanie Fleischer

Ein Licht geht an

Frederik Müller fror, und das war kein Wunder. Es war kalt und nass. Die Touristen gingen ihm heute ganz besonders auf die Nerven. Die Schneeflocken fielen ununterbrochen, er hätte dem Glühwein am Rathausmarkt um einen Becher mehr zusprechen sollen.

»Trinkt man den hier irgendwie hanseatisch, mit Kluntjes vielleicht?«

Kluntjes, das war friesisch, genauer gesagt, ostfriesisch, aber regionales Feingespür besaßen diese Blödel-Banausen einfach nicht. Nord war Nord für die. Ihre Aufmerksamkeitsspanne hatte gerade einmal für die Information ausgereicht, dass der Jungfernstieg die erste asphaltierte Straße Hamburgs und der Alsterpavillon eines der ältesten Cafés war. Frederik hatte nachgeschoben, dass der Pavillon während der Franzosenzeit geöffnet worden war, von Augustin Lancelot de Quatre Barbes. Natürlich hatte der Bau damals ganz anders ausgesehen als der heutige Gastronomie-Betrieb mit seinen Glasfronten und dem Flachdach. Ach, das war alles vergebene Liebesmüh. Frederik war kaum durchgedrungen, als sie der Prachtmeile entlang flaniert waren. Das »Ah« und »Oh« hatte dem Hünen von Tannenbaum gegolten, der mitten auf der Binnenalster prangte. Winter-Wonderland auf norddeutsche Art eben, und es wirkte.

Die Touris waren auseinander gestoben, um am Neuen Wall exquisite Pralinen, Duftwässerchen oder Ledertaschen zu erstehen. Interesse für die alten Kaufmannshäuser, für Passagen aus Sandstein oder Schiefer? Fehlanzeige! Frederik war Historiker, promoviert sogar, und kein Einkaufsberater. Er konnte nur hoffen, dass sich die Hammelherde einigermaßen pünktlich wieder einfand. Würden die Besucher den Sehenswürdigkeiten der Stadt nur halb so viel Aufmerksamkeit entgegenbringen wie ihren Shopping-Gelüsten, dann würde ihnen an diesem Ort ein Licht aufgehen. Die Weihnachtsbeleuchtung am Neuen Wall war legendär: zweiundzwanzig Lichterbögen aus der Zeit des Jugendstils.

Frederik betrachtete die Funken, die das Lichterspiel auf die Straße warf. Weihnachtsdekor war eine gute hamburgische Tradition, sogar mit humanitärem Anspruch. Johann Wichern hatte immerhin den Adventskranz erfunden. Er hatte den mittellosen Jungen im Rauhen Haus die Wartezeit auf das Weihnachtsfest erleichtert. Für jeden Wochentag gab es eine kleine und für die Sonntage eine große Kerze. Insgesamt vierundzwanzig Stück, wie ein Adventskalender. Mitgefühl für die Elendigen der Gesellschaft hatte Wichern gehabt, so wie Frederik Müller auch einer war. Das Blut stockte ihm in den Adern, wenn er an die fällige Miete am Ende des Monats dachte. Er musste dringend eine neue Einnahmequelle erschließen.

Während er da so stand, am Neuen Wall unter den zweiundzwanzig Lichterbögen, ging ihm ein Licht auf. Er würde einen historischen Roman schreiben über Wichern und sein Engagement. Ein richtiger Schmachtfetzen sollte es werden, aber eben einer mit sozialer Stoßrichtung. Ein solches Werk würde doch wohl selbst die hanseatischen Krämerseelen erweichen, ihre Geldsäcke öffnen und den Roman auf die Gabentische der nächsten Weihnacht befördern. Oder zumindest der übernächsten. Den kommenden Dezember würde er sich für das Manuskript als Deadline setzen. Dann könnte er sich im Frühjahr auf Verlagssuche begeben, und ein saftiges Honorar würde ihm winken. Das Weihnachtsfest in zwei Jahren würde dann für ihn, den zukünftigen Meister des hanseatischen Romanfachs, ganz anders aussehen. Bis dahin würde er schlicht und ergreifend durchhalten und zeigen müssen, wozu ein hanseatischer Jung imstande war.

Frederik sammelte die furchtbar sächselnde Familie aus Dresden, die seiner Meinung nach nicht weniger unangenehm radebrechenden Franken und die dauerfröhlichen Rheinländer aus den umliegenden Boutiquen des Neuen Walls wieder ein. Mit der Herde im Schlepptau begab er sich in Richtung Rödingsmarkt, um seiner Schar die Fleete und die roten Backsteinbauten zwischen den modernen Glas- und Stahlkonstrukten zu zeigen. Sollten seine Schäfchen wider Erwarten ein wenig Wissbegier an den Tag legen, würde er auf die Umstände des Großen Brandes 1842 verweisen, der die Altstadt an dieser Stelle in Schutt und Asche gelegt hatte. Mit etwas Glück wären die gebuchten eineinhalb Stunden an der Stadthausbrücke, dem Übergang zwischen Alt- und Neustadt, herum, und sie könnten endlich getrennter Wege gehen. Frederik könnte auf alten Pfaden wandeln, die Touris auf neuen. Jedem das Seine, Geschichte kontra Einkaufstaschen. Die Kälte spürte Frederik in Anbetracht dieses Gedankens fast gar nicht mehr.

»Na, was macht die Kunst?«, fragte die Bibliothekarin.

»Alles gut«, antwortete Frederik, während er Anja seinen Lektürestapel über den Tresen schob. Er wischte sich den Schweiß von der Stirn. Dieser Sommer war ganz schön heiß für ein Nordgewächs, das ständige Befeuchtung von oben gewohnt war. Seit Wochen beschäftigte er sich nun mit der Situation der Hamburger Arbeiterschaft während des neunzehnten Jahrhunderts. Die Identifikation mit seiner eigenen Situation war der Recherche dabei durchaus zugute gekommen. Er war nicht der erste Aspirant auf Gottes Erdball, der unter finanziellen Engpässen zu leiden hatte. Wenn Frederik seinen neuen Arbeitsplatz in der Commerzbibliothek verließ, war er für die blödsinnigen Bemerkungen der Touris beinahe immun. Zwischen den Stadtführungen verkroch er sich seit geraumer Zeit in der Bibliothek, die hell und licht in der Handelskammer untergebracht war. Frederik umgaben Stuck, Bronze, jede Menge Gemälde und eine himmlische Ruhe. Er arbeitete in einem Haus der Stadtgeschichte an hanseatischer Historie. Wenn das nicht passend war. Von hier aus konnte er jederzeit flexibel auf spontane Buchungen reagieren und seine Führungen durch die Innenstadt starten. In der Bibliothek schluckte er seinen Kaffee und hämmerte in die Tasten des Laptops. Während der Führungen schrieb er im Geiste an den Kapiteln seines Romans weiter.

Nun zwinkerte er Anja gutgelaunt zu. »Lust auf einen Kaffee draußen im Sonnenschein? Ich würde mich gern für die bibliothekarische Unterstützung bedanken.«

»Unterstützung wobei?«

Frederik zuckte zusammen. Die schrille Stimme kannte er. Lucretia Reimbrandt, bekannte Bestsellerautorin ohne Anspruch zu Höherem. »Kunst ist schön, Verkaufszahlen sind besser.« Ein Zitat der Dame, das vor einiger Zeit durch die Gazetten gegeistert war. Solche Statements fanden Anklang bei den Pfeffersäcken. Es war doch immer noch ein und dieselbe Mischpoke. Sie, die Abgängerin der Gelehrtenschule des Johanneums, er, der Absolvent der reformierten Lichtwarkschule. Zwei Facetten eines Schülerlebens mitten unter der Elite Winterhudes. Hier wohnte man in einer Villa entlang der Außenalster, wenn man über ein gewisses Einkommen verfügte, über das selbstverständlich kein Wort verloren wurde. Oder man wohnte in einem Sozialbau kurz nach der Jahrhundertwende wie Frederiks Eltern, die gern dazugehören wollten und dafür jeden Pfennig zusammengekratzt hatten. Hamburg als Tor zur großen weiten Welt für die Sprösslinge, die es so gut haben sollten, wie die Erben aus den besten Häusern der Stadt. Frederiks Vater war Hausmeister gewesen, der für seinen Sohn den ganz großen Traum verfolgte. Für Frederik hatte das einen Dauerclinch um Fördermittel, Stipendien und Ansehen bedeutet. Eines hatte Frederiks Vater nicht so recht verstanden: Dass man in gewissen Kreisen gern unter sich blieb. Für Lucretia hatte der Herr Papa stets einige Drähte im Hintergrund gezogen, während Frederik sich immer schon allein auf sein Talent verlassen musste. Damals lautete ihr Vorname noch Lette. Den benutzte Frederik jetzt als stille Form des Protests gegen ihr blasiertes Gehabe.

»Lette, ich habe dich ja ewig nicht mehr gesehen.« Mit seinem Jackenärmel versuchte er den Titel des Buches, das dem Stapel zuoberst lag, zu verdecken. Zu spät.

»Johann Wichern, interessant. Der Begründer des »Rauhen Hauses«. War er nicht auch der Erfinder des Adventskranzes?«, bemerkte sie.

Frederik wurde schwach, doch Lette fuhr unbekümmert fort: »Das würde einen netten Schmöker zur Weihnachtszeit abgeben. Wenn ich die Geschichte verpacke, wird das ein

Bombengeschäft. Du bist also schon dran am Thema. Vielleicht sollten wir uns mal unterhalten. Sprachst du nicht gerade von Kaffee?«

Lette schob Frederik über die Straße nach Frankreich. Café Paris war voll. Ein Stimmengewirr schlug ihnen entgegen, als sie die Tür zum Gastraum aufzogen. Die Akustik unter der Kuppel aus Jugendstilkacheln war sensationell schlecht, aber die Croissants, Tartes und Macarons waren einfach sensationell lecker. Lucretias lautstarke Stimme und ihr klangvoller Name sorgten auf der Stelle für einen freien Tisch am Fenster.

»Kommen wir doch gleich zur Sache«, sagte sie. »Du bist im Vorteil, was die Recherchen angehen, mein Vorteil ist ein gefülltes Portemonnaie. Ich kaufe dir deine Recherchen ab.«

»Kommt gar nicht in Frage«, sagte Frederik. »Das ist mein Projekt, und meine Idee ist unverkäuflich.«

»Ist das dein letztes Wort?«

»So ist es«, Frederik schob energisch den Unterkiefer vor.

»Wir werden ja sehen, was du davon hast.« Damit stand Lette auf, rückte die Spaghettiträger ihres Sommerkleides zurecht und rauschte davon. Ihre Oberweite war dem Restkörper um einiges voraus. Ihr Dress schien mindestens eine Nummer zu körperbetont. »Der Herr zahlt«, rief Lette der Bedienung zu. Dabei war der Kaffee noch nicht einmal serviert worden.

Frederik war dienstlich umgezogen. Die Bücherhalle am Hühnerposten lag für seine Führungen zwar nicht mehr ganz so zentral wie die Commerzbibliothek, befand sich aber durchaus im Radius seiner Möglichkeiten. Der neue Standort hatte den Vorteil, dass sich die erlauchte Lucretia nicht unter die Reihen der normalsterblichen Bibliotheksnutzer mischen würde. Der

Nachteil war, dass sich Frederik von seinem geliebten Ambiente verabschieden musste, das aus jeder Pore Geschichte atmete. Nun musste er sich mit einem Zweckbau zufrieden geben, von außen zwar Backstein, aber von innen, nun ja, eine Ausstattung, über die jede x-beliebige Bücherei der Jetztzeit eben verfügte. Frederik landete mit der Bahn am Hauptbahnhof und hüpfte über die Hauptverkehrsader, die hier unermüdlich pulsierte. Er haute nicht mehr ganz so energetisch in die Tasten, und die Touristen nervten mehr als je zuvor. Seine Motivation durfte jedoch nicht erlahmen. Schließlich musste er gegen Lucretias Leibeigene anschreiben, sprich gegen ihre Sekretärin, gegen die wissenschaftlichen Mitarbeiter und die anderweitig Geschmierten. Die gute Seele der Commerzbibliothek, Anja, war zwar standhaft geblieben und hatte die Liste seiner Quellen einbehalten, aber ihr Kollege, die Hofschranze, war vor Hamburgs Elite eingeknickt.

Frederiks Vorsprung schmolz zusehends. Wurde er langsam paranoid? Er könnte schwören, dass der Typ, der ein paar Tische weiter etwas abwesend in einigen Büchern herumblätterte, zu Lucretias Lakaien gehörte. Frederik war sich fast hundertprozentig sicher, dass er den Typ in Lettes Gefolge gesehen hatte, als sie vor einigen Monaten mit dem Mathias-Claudius-Preis ausgezeichnet worden war. Die wasserstoffblonden Haare waren ein verräterisches Markenzeichen. Was wollte der von ihm? Seinen Romantext würde man Frederik nicht von der Stirn ablesen können, und trotz der Widrigkeiten, mit denen er dank Lucretia alias Lette zu kämpfen hatte, kam er ganz gut voran. Er schuftete wie ein Pferd, oder anders ausgedrückt: Er schrieb im Akkord. Da konnten Lettes Lakaien ihm nachstellen, so viel sie wollten. Lektürelisten allein würden ihnen nicht weiterhelfen. Die Phase des Inputs hatte Frederik längst hinter sich gelassen. Er ging bereits den Weg des Outputs, doch auch dafür brauchte er einen ruhigen Arbeitsplatz zwischen seinen Stadtführungen, deren Aussicht auf eine klingelnde Kasse leider immer noch mehr als zu wünschen übrig ließ.

Sein Laptop wurde immer mehr zum Schlepptop. Längst vertraute er es nicht mehr einem Schließfach in der Bibliothek an. Wer wusste schon, zu welchen Winkelzügen Lucretia ihre Lakaien instruiert hatte. Es war dringend an der Zeit, seine Wirkungsstätte erneut zu verlagern, um den sauerstoffblonden Spion abzuschütteln. Frederik würde es mit der Staatsbibliothek versuchen und mit der S-Bahn bis Dammtor fahren. Dann könnte er durch das bunt gefärbte Herbstlaub ein paar Schritte zu Fuß tun, bis er das Univiertel erreichte. Seiner Kondition täte das sicherlich gut. Nur sein ästhetisches Feingefühl würde leiden. Im Abendblatt war gerade ein Artikel über den unhaltbaren Zustand der Universitätsgebäude erschienen. Hamburgs Intelligenzija müsse sich inmitten von Bauruinen ihren Studien hingeben. Frederik seufzte. Dieses Schicksal würde er fortan teilen. Der Weg zwischen Büro und Einsatzort in der City wurde immer länger und hässlicher, aber die Sicherheit seines Manuskripts war jedweder Bequemlichkeit definitiv vorzuziehen.

Draußen war es eiskalt. Frederik zog den Mantelkragen hoch. Beinahe hätte er sich vorhin bei der Verfolgungsjagd auf den Allerwertesten gesetzt, denn auf dem Straßenpflaster hatten sich überall kleine Inseln aus Eis gebildet. Frederiks Ohren waren rot, tiefrot. Rot war überhaupt seine Farbe, innen wie außen. Er mochte im Kalten stehen, doch innerlich kochte er vor Wut. Das Licht der Weihnachtsdekoration des Neuen Walls gleißte um ihn herum wie funkende Tobsucht. Die diesjährigen Rheinländer hatten sich wie schon ihre Landsmänner im Jahr zuvor als äußerst trinkfest entpuppt und waren entlang sämtlicher Weihnachtsbuden quer durch die Innenstadt gezogen – angefangen an der Steintorstraße am Hauptbahnhof über den Gerhart-Hauptmann-Platz und der Petri Kirche an der Mönckebergstraße vorbei bis hin zum Weihnachtsmarkt vor dem Rathaus. Ohne Unterlass wurde Glühwein gehoben, um den Gehalt des Alkohols und das Aroma von Zimt und Nelken zu vergleichen. Frederik war ganz übel geworden von den Gerüchen, die um die Buden zogen. Fett hatte in der Luft gelegen, das Bratwürstchen, Champignons in Knoblauchsahne und Schmalzgebäck ausdünsteten. Und diese Enge. Menschenmassen hatten sich von Stand zu Stand geschoben und sich voller Nächstenliebe in die Seiten, in Rücken und Hinterteile geknufft, um sich einen Platzvorteil zu verschaffen.

Die Rheinländer indessen schien nichts zu stören, solange nur der Alkoholpegel stimmte. Sie hatten Frederik eingeladen, es ihnen gleich zu tun und keinen Widerspruch geduldet. Zunächst war er ihrem Wunsch etwas zögerlich nachgekommen, dann jedoch hatte er dem Glühwein kräftig zugesprochen. In Anbetracht der kulturellen Peinigung, die ihm in Form des Abendprogramms noch bevorstand, konnte er jeglichen hochprozentigen Stimmungsaufheller gut gebrauchen. Im Michel, der ohnehin ein absolutes Muss aus Touri-Sicht darstellte, sollte die überregional bekannte Lucretia Reimbrandt in den Advent einstimmen. Dieser Veranstaltung beiwohnen zu müssen, hatte ihm gerade noch gefehlt. Leider vertrug Frederik nicht so viel wie die Abgesandten aus Deutschlands Süden. Er war angeschickert gewesen, in diesem Zustand hatte er seinen Rucksack an eine der Buden gelehnt, um sich einen weiteren Becher über den Tresen reichen zu lassen. Dann war es geschehen. Ein Mann hatte sich genähert, sich gebückt und das Ränzel geschnappt, in dem sich Frederiks Laptop befand. Als Frederik sich umgedreht und statt seines Rucksacks nur noch Leere erblickt hatte, war er auf einen Schlag stocknüchtern geworden. Er hatte gerade noch die Rückfront eines dunkelgekleideten Mannes mit blonder Tolle erkennen können, Lucretias Schergen, der hinter einer Weihnachtsbude mit Dessous für Engelchen in der Winternacht verschwand. »Kling Glöckchen klingelingeling«, stimmte ein Kirchenchor an. Frederik hatte sich so schnell wie möglich aus dem Gewühl der Buden gearbeitet, doch vergebens, der Dieb blieb verschwunden.

Frederik schluckte schwer und fühlte sich einem asthmatischen Anfall nahe, wie er da nun am Neuen Wall stand, dem Treffpunkt für seine Touri-Bande. Seine Wut nagte an ihm wie ein Wildtier, dennoch musste er sich bezähmen. Am Abendprogramm im Michel würde er nicht vorbeikommen, wollte er nicht seinen Auftrag und obendrein seinen Ruf als Stadtführer gefährden. Er wartete also wutschnaubend auf die Rheinländer, die seinen Verlust verursacht hatten. Ohne ihre Trunksucht wäre er jetzt immer noch in Besitz seines Rucksacks, seines Romans und einer verheißungsvollen Zukunft.

Doch da kam Frederik eine Idee. Er musste einfach nur schnell genug handeln, bevor das Manuskript, sein Manuskript, auf dem Schreibtisch von Lucretias Verleger landen konnte. Er würde das Übel an seiner Wurzel ausrotten. Lucretia war fällig, bevor sie ihre Kontakte spielen lassen konnte. Ihr Blondchen zählte nicht, ein dämlicher Handlanger, weiter nichts. Selbstständiges Denken war da glatte Fehlanzeige, deshalb verließ sich Lucretia ja auf diese Typen. Frederiks große Stunde und die seiner Sicherheitskopie auf dem USB-Stick würde doch noch schlagen. Hieß Advent nicht wörtlich übersetzt »er kommt an«? Es war Zeit, dass sich der Messias einschaltete. Er, Frederik, musste Hand anlegen. Welcher Ort könnte dafür passender gewählt sein als ein Haus des Herrn? Der Erzengel Michael würde seine schützende Hand über ihn, den verlorenen Sohn, halten. Lucretia hatte Frederik in den letzten Wochen die Methodik weiblicher List und Tücke in aller Deutlichkeit gelehrt. Die würde er jetzt gegen die Hochgepriesene selbst wenden. Er musste nur noch schnell in die Apotheke und das Rezept seines Vaters einlösen.

Frederik verbarg sich im Schatten eines Pfeilers. Der Michel war rappelvoll, da fiel es nicht weiter auf, dass Frederik stand. Er schaute sich um. Der Barockbau prunkte wie eh und je mit seinem goldenen Dekor im ansonsten weiß gehaltenen Innenraum. Die pure Unschuld leuchtete ihm entgegen. Als die Massen am Büchertisch vorbei defilierten, um ein signiertes Exemplar der größten zeitgenössischen Autorin Hamburgs zu ergattern, so jedenfalls die Aussage ihres Verlagshauses, näherte sich Frederik dem Tischchen, das zur Beköstigung Lucretias bereit stand. Kurz darauf nahm Frederik seinen Platz im Schatten wieder ein. Von hier sollte eine schnelle Flucht kein Problem sein.

Der Pastor begrüßte die Gemeinde, der Chor sang, Lucretia zückte ihr Buch. »Glockengeläut und Mandelspitzen«, die Geschichte hatte ja so einen Bart. Jedes Jahr wieder ertönte sie in all ihrer Schrecklichkeit aus Lucretias schriller Kehle. Der

Bestseller-Autorin fiel einfach nichts mehr ein. Kein Wunder, dass sie sich Frederiks Manuskript unter den Nagel reißen musste. Selbst ein Achtklässler könnte eine besinnlichere Story in den Block kritzeln.

Lucretia hielt diesen Quatsch anscheinend selbst kaum noch im Kopf aus und sprach dem Wein auf ihrem Lesetisch in ansehnlichen Schlucken zu. Ungefähr in der Mitte ihres Glockengeläuts begann sie zu lallen. Die Zuschauer hielten das zunächst wohl für eine akustische Umsetzung der Titelzeile. Sie begannen zu lachen und zu klatschen und ein wenig zu grölen. Endlich kam etwas Bewegung in den öden Vortrag. Als allerdings der Kopf der Autorin vornüber kippte, erstarb jedes Geräusch augenblicklich. Man hätte eine Stecknadel fallen hören können. Das tat man dann auch. Nur handelte es sich eben nicht um eine Nadel, sondern um Lucretias Körper, der da geräuschvoll zu Boden sank. Gut so, das Gift für die holde Maid tat offenbar seine Dienste. Digitalis war ein wunderbares Medikament. Es konnte in kleiner Dosierung das Herz seines Vaters heilen und üppig dosiert auch das von Frederik, indem wiederum das schlagende Organ Lucretias im Prozess der Darreichung ausgelöscht wurde.

Der Geräuschpegel des Publikums brandete erneut auf. Schreie des Entsetzens durchbrachen die Stille. Jemand rief nach einem Krankenwagen. In dem entstehenden Durcheinander schlich Frederik aus der Kirche und entfernte sich in Richtung Hafen zur Haltestelle Landungsbrücken. Hinter ihm schloss sich die Tür der U-Bahn. Wie sagte man doch so schön: Wenn sich eine Tür schloss, so öffnete sich eine neue. Ein Licht ging aus, dafür strahlte ein anderes umso heller. Frederik war absolut überzeugt, dass sich sein Roman ausnehmend gut auf den Gabentischen der nächsten Heiligen Nacht machen würde. Er hatte hart dafür gearbeitet – in jeglicher Hinsicht. Diesen Einsatz mussten die Pfeffersäcke einfach honorieren.

Heidi Ramlow

Geiht nich, givt nich

Mordgedanken. Ja, die hat sie. Und so'n Hals! Fünf Uhr in der Früh ist es noch dunkel an den Landungsbrücken. Eine leichte Brise weht ihr um die Nase, das kühlt den Kopf. Den Adventssonntag hatte sie sich anders vorgestellt. Stundenlang hatte sie gestern in der Küche gestanden und Hamburger Schnitten fürs Frühstück gebacken, mit sechs Eigelb und selbst gemachter Erdbeermarmelade. Sein Lieblingskuchen! Geertje atmet tief durch, riecht die schwer dahin fließende Elbe, das Öl der Container, den Moloch Hafen aus Stahl, Stein, Teer und Beton, qualmende Schlote, Industrieanlagen. Sie schließt die Augen. Das hilft immer. Gegen Fernweh und Enttäuschung. Sie ist Kuddel gefolgt, bis er hier in sein Motorboot stieg und davontuckerte. Getarnt mit Öljacke und Südwester.

Sie kennt seine Verkleidung. Die trägt er in letzter Zeit oft, wenn er mit dem Boot auf Tour geht. Zum Angeln, sagt er immer. Aber doch nicht morgens um sechs! Vielleicht beißen da die Fische besonders gut. Haha. Liegt dort ein Vergnügungsdampfer? Ist er schon an Deck bei seiner Hamburger Schnitte Verena? Ist sie zum Anbeißen, seine neue Lady? Er hatte sie gewarnt. Vor Verena. Und danach hatte er sie verlassen. Er müsse sich beeilen. Wegen Verena. Dabei hatten sie gerade so kuschelig geschmust. Schurke. Mistkerl, dammi noch mol. Ausgerechnet heute, so kurz vor dem Fest der Liebe. Er war wie im Rausch, gierig, von ihr fortzukommen, wie ferngesteuert. Eine Entschlossenheit, die ihr unheimlich war, nicht zu bremsen. Im Herbst war er bei ihr eingezogen, und sie kannte ihn immer noch nicht. Er holte seine grüne Wathose vom Dachboden, die mit den angeschweißten Stiefeln, und zog sie an. Ob Verena auf so etwas steht? Irgendwie lächerlich. Warum macht er sich zum Affen?

Werftarbeiter steigen auf die Fähre, setzen über nach Blohm und Voss. Sonderschicht, sagen sie. Ein Skipper zurrt mit krummem Rücken die Leinen seines rot-weißen Kutters am Poller fest. Der Wind rüttelt an den Wanten, über dem Mast ziehen kreischend Möwen ihre Kreise, andere schlafen stehend auf den kleinen Eisschollen, die gemächlich auf der Elbe treiben und in denen sich die Lichterkette eines Weihnachtsbaumes spiegelt, der auf einem Kran steht. Eine sanfte Stille umgibt Geertje. Ihr Herz schlägt wieder normal. Mit den Augen folgt sie dem Atem des Skippers im Licht der Laterne. Die Knöchel seiner rotblau gefrorenen Hände sind weiß vor Anstrengung. Er haucht auf seine Finger, reibt die Handflächen gegeneinander und schließt seine Öljacke. Sie zieht ihre Mütze tief ins Gesicht.

»Bleiben Sie nicht so dicht ant Wasser, junge Frau«, ruft er ihr zu, »wi hebbt Stormwornung.«

»Moin, moin, Ole«, ruft ein Mann vom Steg, »Du bist 'n büschen spät dran. Kuddel wartet bei Eier Carl. Das Boot liegt schon an der Baustelle.«

Kuddel? Etwa ihr Kuddel und das Paddelboot?

»Nu ma Butter bei die Fische, Jens. Sollen wir wirklich los? Bei dem Schietwetter? Ich musste mein'n Kutter vertäuen.«

»Feigling!«, ruft der Mann im blauen Kapuzenpulli und kommt näher. »Es ist *die* Chance für uns. Keiner unterwegs.

Wenig Arbeit. Die Baugrube läuft bereits voll. Und daneben …«

Seine olivfarbene Gummilatzhose sitzt etwas zu eng, findet Geertje. Das sind also Kuddels Kumpel. Der alte Skipper Ole und der lütte Jens, etwa so alt wie Kuddel. Noch nicht dreißig, aber schon 'ne ganz schöne Wampe.

Was nun? Sie blickt zum Himmel. Wolken ziehen auf. Der Wind bläst aus der Schielecke von Südwest. Schnee liegt in der Luft. Die Eisschollen nehmen Fahrt auf. Möwen und Blesshühner werden aufgescheucht, nur die Enten schlafen unbeteiligt, den Kopf zwischen den Federn am Rücken. Irgendwie verdreht sehen sie aus. Wendehälse, fällt ihr ein. Jetzt ins warme Bett beamen, das wär's! Erste Wellen schlagen über den Landungssteg.

»Kommen Sie«, ruft der Skipper, »hier können Sie nicht bleiben. Oben steht die Rostlaube von Jens.«

Die Rostlaube ist ein blauer Pritschenwagen. Ein paar Regenrinnen liegen auf der Ladefläche, alte Tampen, Gummistiefel. Eine durchlöcherte Decke schützt die Sitzpolster. Sie steigt ein.

»Geertje«, stellt sie sich vor. Eine Bö zerrt an den Hosenbeinen des Skippers. Er drängt sich neben sie auf den Sitz. Jens schlägt die Autotür zu.

»Verena wartet nicht«, murmelt er.

Der Sturm rüttelt am Autodach. Von der Brücke 1 kommen Fahrgäste zurück. Ein Weihnachtsmann mit einem Tannenbaum über der Schulter klopft ans Autofenster. Jens kurbelt es runter.

»Du musst dein Auto wegfahr'n, mien Jung, aber dalli, der Baumwall ist schon überschwemmt.«

»Danke für die Info.«

»Da nich für. So'n Schiet auch! Der Fährbetrieb ist eingestellt. Jetzt wollt ich gerade meine Emma mit'm Tannenbaum beglücken, da fährt die 72 nicht mehr.«

»Hol di stief, Weihnachtsmann!«

Der nickt und geht davon. Der Sturm wird heftiger. Ole blickt zufrieden. Jens grinst:

»Das passt! Ich bün bannig gespannt, wie sich alles entwickelt. Ruckizucki haben wir sie im Boot, aufgeladen und verscherbelt.«

»Hör mal to, Jens. Wir blasen das ab. Zu gefährlich.«

»Geiht nich, givt nich! Schiet inne Büx, oder wat? Das können wir Kuddel nich antun. Sein Kunde wartet in Finkenwerder. Wir kriegen das allet doch regelrecht auf dem Tablett serviert.«

Das wird ja immer schöner. Kuddel kriegt Stütze. Bauarbeit ist Saisonarbeit. Das ist, wie es ist. Jetzt hat er plötzlich Kunden. Und was wollen sie abblasen? Verändert hatte er sich ja, ihr Kuddel. Was Kriminelles? Dazu ist er viel zu einfach gestrickt. Und lieb. Und zärtlich. Und treu. Gleich fängt sie an zu heulen. Mit Hundeaugen hatte er sie angeblickt und ihr eine Überraschung versprochen. »Wir zwei, ganz alleine unter einem Tannenbaum am Heiligen Abend«, hatte er gesagt. Schöne Überraschung. Die ist ihm gelungen. Sie heißt Verena, die Überraschung. Na warte, wenn der nach Hause kommt. Heilig Abend wird sie sich allein vor die Glotze hängen. Kuddel ist ja sowieso immer mit seinen Kumpels unterwegs. Meistens jedenfalls. Naja, ab und zu, seit er arbeitslos ist.

»Du heulst ja«, sagt Jens neben ihr.

Ole lutscht an seinem Zeigefinger und hält ihn aus dem Fenster: »Der Wind ist von Südwest auf Nordwest umgeschlagen. Jetzt rüttelt's auflandig.«

»Und was heißt das?«, fragt Jens.

»Der Orkan drückt das Wasser ins Land. Fischmarkt fällt aus.«

»Glück hatt, Ole. Keen Minsch mehr up de Straat.«

»Snack nich Platt, Jens, de Deern versteiht di nich.«

»Okay, Skipper!«

Sie bekommt Bammel. Jens rast die Hafenstraße entlang, über den Fischmarkt bis zur Fischauktionshalle. Der kleine Weihnachtsbaum aus Plastik am Rückspiegel wackelt heftig hin und her und verbreitet Tannenduftaroma. Ihr wird ganz dösig im Kopf von dem Gestank und von der Ruckelei über das Kopfsteinpflaster. Der Wagen hält an der Kaimauer. Die Fischauktionshalle hat schon nasse Füße. Die Elbe wütet. Die sanfte Stille ist verflogen, der sonntägliche Fischmarkt buchstäblich abgeblasen. Menschen drängen sich in die Fischmarktkneipen. Einige grölen Weihnachtslieder. War nicht anders zu erwarten. Ein tobendes, grollendes Geheul erfüllt die Luft. Jens legt den Rückwärtsgang ein. Hier kann er nicht stehen bleiben, denkt Geertje. Weg von der Kaimauer, weg von der Halle! Und dann fängt es auch noch an zu schneien. Schneeregen. Die Scheibenwischer schaffen es kaum. Richtiges Hamburger Schietwetter.

Jens hält bei der Buttstraße. Sie steigen aus und rennen zu Eier Carl. Leute drängen sich am Tresen. »Dreimal Lütte Lage!«, ruft Ole beim Eintreten dem Wirt zu.

Geertje erkennt Kuddel sofort, obgleich er ihr den Rücken zudreht und mit jemandem quasselt. Sie verdrückt sich auf's

Klo. Was soll sie Kuddel sagen, wenn der sie sieht? Dass sie zufällig hier ist, glaubt er ihr sicher nicht. Als sie in den überfüllten Gastraum zurückkommt, gehen die Drei gerade nach draußen. Sie hört noch, wie Jens sagt: »Tolles Mädel haben wir kennengelernt.«

»Vorsicht! Das ist so eine von der treuen Sorte«, brummt Ole. Dann fällt die Tür zu.

Geertje setzt sich auf einen der Holzbänke. Sie stiert in die brennende Kerze auf dem Tisch. Ein Pappteller mit Spekulatius steht daneben. Sie greift sich einen Keks, kaut langsam, dann noch einen. Weihnachtstimmung will trotzdem nicht aufkommen, auch wenn im Hintergrund *Leise rieselt der Schnee* gedudelt wird. Der Wirt bringt ihr eine Lütte Lage.

»Hab ich nicht bestellt«, sagt sie.

»Nee, das waren die Drei, die grade rausgegangen sind.«

»Schnaps und Bier! Wie kriegt man das runter?«

»Nich lang schnacken, Kopp in'n Nacken!«

»Haben die gesagt, wo sie hin sind?«, fragt sie ihn.

»Wer will das wissen?« Männer! Halten immer zusammen. Der weiß doch genau Bescheid. Nach der zweiten Lütten Lage wird sie mutiger.

»Ich werd einen von denen abmurksen«, sagt sie.

»Wenn du noch die dritte Lage trinkst, gloobste, was du sagst«, grinst der Wirt, »also – noch eine?«

»Ja. Ehrlich. Ich mach ihn tot. Wegen Verena.«

»Keine Bange! Das wird Verena schon selbst besorgen.« Der Wirt lacht: »Dein Freund, wa?«

»Ja, der mit der Latzhose, Kuddel.«

»Ganz schön bescheuert, dein Freund. Zweihundert Meter weiter is 'ne Baustelle. Da wird er … arbeiten.«

Die dritte Lütte Lage kommt. Das wärmt ihr Herz. Alles wird gut. Ihr Kuddel arbeitet. Der arbeitet schwarz. Für sie. Für ihr Weihnachtsgeschenk. Hoffentlich erwischt ihn keiner. Und Verena? Verena ist vielleicht seine Chefin. Soll's geben, dass eine Frau Chef ist. Das gibt es immer wieder. Und Kuddel ist nich so einer, den das stört. Sie muss ihn um Verzeihung bitten. Sofort. Der ist doch kein Krimineller. Kann der gar nicht. Oh la la! Ihr ist übel. Hoch jetzt. Weihnachten fällt doch nicht aus. Sie muss zu ihm. Los! Sie hält sich an der Bank fest. Aber die Beine wollen einfach nicht. Knicken weg. Böse Beine.

»Du du. Du liegst mir am Herzen, du du liegst mir im Sinn. Du du … nicht singen.«

Sie muss noch zahlen.

»Ich brauch frische Luft. Was macht's?« Sie legt einen Zwanziger auf die Theke. »Stimmt so.«

»Kiek mol wedder in«, sagt der Wirt.

Draußen pfeift ihr der Sturm den Schnee um die Ohren. Von wegen leise rieselt der Schnee. Sie zurrt ihre Kapuze fest zu und setzt sich auf das große Fass am Eingang. Ihr ist so schlecht. Die frische Luft tut gar nicht gut. Sie muss sich übergeben. Alles schwimmt davon. Die Große Elbstraße total überflutet, an die Fenster der Fischauktionshalle schlagen die Wellen. Was ist mit den Dreien auf der Baustelle? Sie geht zurück ins Lokal.

»Hat jemand Gummistiefel für mich?«, ruft sie.

»Kannst meine haben«, sagt der Wirt, »und mach kein Quatsch! Bring sie mir zurück.«

»Versprochen, du, es geht schon. Bin wieder nüchtern.«

»Die Deern verträgt was«, grölt ein Blödmann.

Es dämmert. Durch den Schneefall bemerkt sie das kaum. Sie steht bis zu den Waden im Wasser, schwankt, als sie hinter der Fischauktionshalle steht. Wenn sie fällt, dann wenigstens weich. Aber eiskalt. Bbbrrrr! Eisschollen schichten sich an der Wassertreppe zum Anleger. Auf der Elbe sieht sie einen blauen Pritschenwagen vorbeitreiben. Ihr bleibt das Herz stehen. Andere Autos schwimmen auch oder stehen bis zur Dachkante im Wasser. Holzbänke treiben in den Fluten, ein geschmückter Tannenbaum mit glitzerndem Lametta schwimmt auf Geertje zu und stößt an ein Schild »Parken verboten«. Straßenlaternen ragen nur noch zur Hälfte heraus, leuchten aber noch. Es sieht gespenstisch aus. Sie stapft durch die schwarzen Wassermassen und geht auf der Kneipenseite entlang, dort ist es nicht ganz so tief.

Die Baustelle übersieht sie fast, ein eingezäuntes Areal neben einem Gebäude direkt am Wasser. Eine vollgelaufene Baugrube und daneben allerlei Schrott, eingeschneiter Schrott. Sie geht über die Straße. Das Boot ist am Pfosten des Maschendrahtzauns festgebunden, in dem ein großes Loch klafft. Wie praktisch, das Boot nicht tief unten an der Kaimauer, sondern bequem am Schrotthaufen. Den Dieben kommt das Hochwasser wirklich gelegen. Sie vergräbt die Hände tief in den Anoraktaschen. Was da abläuft, ist sicher nicht legal. So'n Schiet aber auch. In was ziehen die da ihren Kuddel rein? Ole steht breitbeinig im Boot und versucht, Balance zu halten, der lütte Jens und Kuddel reichen Stangen durch das Loch im Zaun. Sie versucht, im dichten Schneetreiben zu erkennen, was ins Boot geladen wird. Kupferrohre. Das Boot ist schon fast voll. Sie schaut sich um. Kein Mensch in der Nähe. Sie möchte schreien: »Lass das, Kuddel! So einer bist du nicht. Du bist kein Dieb!« Aber sie schweigt. Das Boot schaukelt heftig. Dunkle Wolken treiben am Himmel. Eine Sturmbö reißt Geertje beinahe um. Sie hält sich am Zaun fest, in Hörweite der Männer. Aber die Kerle sind so beschäftigt mit den Stangen, dass sie nichts um sich herum wahrnehmen.

Plötzlich fängt sie an zu frieren. Nee, sie will ins Warme. Sie will mit all dem hier nichts zu tun haben. Und mit Kuddel ist Schluss. Aus. Vorbei. Und dann fängt es zu allem Überfluss auch noch an zu hageln. Kirschengroße Hagelkörner fallen vom Himmel, klackern laut auf Kupfer und Blech, sie zieht die Schultern hoch. Na, das gibt ein schönes Hamburger Design. Kostenloses Weihnachtsgeschenk für Autobesitzer. Der Orkan röhrt wie der letzte Aufschrei der Hirsche in der Brunft und treibt immer mehr Wasser in den Fischmarkt. In der Ferne erklingt ein Martinshorn. Noch einen Blick auf das Boot. Sind die wahnsinnig? Da passt doch nichts mehr rein. Kein Stück!

Ole brüllt: »Jetzt weg hier. Nichts geht mehr.«

Kuddel springt zu Ole ins Boot. Der lütte Jens holt noch drei Stangen und ruft: »Geiht nich, givt nich!«, und springt. Sie geht auf die andere Straßenseite und zurück ins Lokal. Inzwischen ist es hell, und die Fototouristen sind unterwegs. Eine Sturmflut kriegt man nicht alle Tage vor die Linse.

Bei Eier Carl sitzt der Weihnachtsmann in einer Ecke neben seinem Tannenbaum, angeschwemmt wie sie, und singt:

»O Dannenboom, o Dannenboom,
wo trö sünd diene Bläder!
Du grönst nich blot, wenn grönt de Klee,
du grönst ok twüschen Ies un Snee.
O Dannenboom, o Dannenboom,
wo trö sünd diene Bläder!«

Die vierte Lütte Lage schmeckt. Nich lang schnacken, Kopp in'n Nacken. Der Orkan heult. Der Hagelschauer trommelt gegen die Fensterscheiben. Ein großes Aufgebot an Feuerwehrwagen fährt vorbei.

»Ich werd dir ein Taxi rufen«, sagt der Wirt zu ihr, »im Rundfunk warnen sie vor Blitzeis.«

Zuhause in Eimsbüttel macht sie die Glotze an und schläft augenblicklich davor ein. Und träumt. Jemand streicht ihr übers Gesicht. Sie schnuppert Kaffee, öffnet die Augen. Kein Traum. Kuddel steht vor ihr, frisch geduscht und in Jogginghosen. Auf dem Tisch vor der Couch brennen die vier Kerzen am Adventskranz. Der Tisch ist gedeckt mit Hamburger Schnitten, es duftet nach Tanne. Kuddel kokelt wieder.

»Ich bin so froh, bei dir zu sein, Schatz«, sagt er, gibt ihr einen Schmatz auf die Wange und hält ihr den Kaffeebecher hin.

»Mein Kopf brummt«, sagt Geertje.

»Meiner auch«, sagt Kuddel, »du hast lange geschlafen, ist schon später Nachmittag. Fröhlichen vierten Advent, mein Schatz. Mal sehen, was die Nachrichten über das Hochwasser bringen.« Er stellt den Fernseher lauter.

»Das Orkantief ›Verena‹ verursachte schwere Sturmflut in Hamburg. Der Hamburger Hafen wurde ab 5 Uhr 30 total gesperrt. Die Hochwasserschutztore wurden geschlossen. Heute Morgen erklärte ein Behördensprecher, der Scheitel sei um 7.09 Uhr erreicht gewesen – mit 3,86 Metern über dem mittleren Hochwasser. Das sind gut 5 Meter über Normalnull. Gegen 12 Uhr wurde die Sperrung aufgehoben.

Weitere Nachrichten vom Tage: Die Metalldiebe werden immer dreister. Von einem Betriebshof am Hamburger Hafen wurden Kupferrohre gestohlen. Aber die Diebe waren zu gierig. Das vollbeladene Boot sank. Die drei Männer konnten sich ans Ufer retten. Zwei wurden festgenommen, nach dem dritten wird gefahndet.«

»Und jetzt, Kuddel?«

»Sei ehrlich, Schatz. Du dachtest, Verena ist eine Frau, oder?«

»Das hättest du wohl gerne. Hör auf damit.«

»Du hast recht. Ich hör auf. Versprochen. Buntmetall geht nich mehr nach Weihnachten. Keine Kupfersterne, keine Kerzenständer … Wir machen demnächst in Elektroschrott.«

»Der Export ist verboten.«

»Ja«, grinst Kuddel, »der Export schon, aber nicht die Ausfuhr von wieder verwertbarer Secondhand-Ware. Dafür brauchen wir 'n Pritschenwagen. Aber der ist leider futsch.«

»Ja«, sagt Geertje, »der ist heute Morgen an mir vorbeigeschwommen. Und du machst jetzt auch die Fliege. Verschwinde!«

»Nun mol langsam, Geertje! Begösch di mol. Das geiht nich.«

Es klingelt an der Haustür. »Aufmachen! Polizei!«

»Geiht nich, givt nich, Kuddel. Raus jetzt! Und frohes Fest.«

Marika Bergmann

Große Freiheit nachts um halb eins

Ein kratzender Kunstfellbesatz am Ausschnitt. Das Läuten einer goldenen Schelle am Zipfel meiner Nikolausmütze. Der Frost will sich am Saum meines knallroten Nikolauskleides festbeißen. Ich stehe auf der Hintertreppe des ›Albers‹, dem Szenelokal am Hamburger Hafen und ringe mit leeren Kartons. Die Papierpresse macht ein fiependes Quetschgeräusch. Wütend zerreiße ich die Wellpappe. Nichts ist mehr, wie es war, seit der alte Kröger seinem Neffen aus Berlin das einst gemütliche Lokal übertrug, der daraus diesen Club gemacht hat. Merkwürdig, wie schnell sich plötzlich alles geändert hatte. Und der alte Hannes war auf einmal von der Bildfläche verschwunden. Von heute auf morgen. Einfach weg. Unser neuer Chef war der Meinung, wir sollten zeitgemäße Arbeitskleidung tragen. Lächerlich. Was gäbe ich darum, den alten Hannes wiederzuhaben. Der war in Ordnung und hätte das Albers nie und nimmer zu so einem Tingeltangel-Club werden lassen.

Heute Mittag beim Schichtwechsel kam dieser Showman, Tobias Graf, drückte mir eine Kleidertüte in die Hand und zog am Tresen einen Schuhkarton aus dem hohen Stapel. »Probier sie mal, die könnten passen.«

Zögernd wickelte ich die roten High Heels aus dem Papier. Na, danke Chef. Ich war sprachlos.

»Siebenunddreißig. Du bist doch die mit den kleinen Füßen. Das war die kleinste Größe auf der Liste.«

Mir wurde ganz anders.

»Mach schon, Klene. Wat kiekste denn so? Deine Schicht fängt gleich an. Wollen mal sehen, ob das ‘ne frische Brise ins ›Albers‹ bringt.«

Ich starrte auf die High Heels mit dicker Plateausohle.

»Damit biste gleich ’n Stück jrößer. So sehen dich die Gäste wenigstens.«

Was für ein borniertes Arschloch, der Herr Nachfolger doch ist. Ich zog einen winzigen Fetzen aus dem Beutel.

»Det is’ Stretch. Det dehnt sich noch.«

Ich biss die Zähne zusammen, hätte ihm am liebsten meine Meinung gesagt. Dieser Fummel, soll wohl die Gäste scharf machen.

Was hatte dieser Spinner nur vor? Der alte Hannes Kröger war anders. Der hatte zwar darauf geachtet, dass jeder das dunkelgrüne Poloshirt mit dem aufgestickten Schriftzug trug, dazu hatte er Birkenstocks für jeden Mitarbeiter spendiert und lange grüne Schürzen. Jedoch die Sachen waren praktisch und bequem. Natürlich durften wir unsere eigenen Jeans dazu tragen. Jeder bekam damals einen Ledergurt mit Tasche, in der das große Portemonnaie, der Bestellblock und ein Kugelschreiber steckten. Jetzt, bei dem Berliner Lackaffen, tippen wir mit Plastik-Zahnstochern auf ein Display.

Emil, ein echter Kumpel, mit dem ich schon so manche Schicht im ›Albers‹ geschoben hatte, trug bereits seine Weihnachtsmannrobe und zog sich die Nikolausmütze ins Gesicht. Dann schritt er, gestikulierend wie ein behäbiger Weihnachtsmann, zur neuen Ladendekoration. Sich nach vorn beugend, drückte er dem Rentier aus Reisiggeflecht eine quietschrote Tomate auf.

»Rudolf«, sagte er grinsend und sein Lächeln war unverkennbar voller Ironie.

Ein Kitschladen ist das geworden, mit viel Glamour und Glitzer (das zur Vorgeschichte).

Der Fellkragen kratzt und das Stretchkleid schiebt sich bis kurz unter meinen Po. Ich ziehe und zerre. Stretch – der Gummianteil ist nicht zu unterschätzen. Meine Absätze bohren sich in die dicke Eisschicht vor der Papierpresse. Ich bin zwar durch die Ballettstunden in der Schauspielschule einiges gewohnt, doch wenn ich mir vorstelle, dass ich gleich die Getränke auf dem glatten Tablett im Spitzentanz serviere … und diese Latexweihnachtssocke von Kleid mir permanent die Luft abdrückt … Prost Mahlzeit! Wie soll ich mich nur bücken, falls mir das Wechselgeld hinunterfällt?

Drinnen proben die Hans-Albers-Verschnitte: *Komm auf die Schaukel, Luise …*

Der Pressvorgang ist mit dem lauten Signal beendet. Die Stahlklappe der Apparatur schwenkt hoch und nimmt ihre Ausgangsstellung wieder ein. Noch ein Karton. Ich wippe hin und her, trete auf der Stelle. Will in meinen Schühchen nicht anfrieren. Halt, da ist was drin. »Extra scharf, bärenstark, *Berliner Mostrich*« steht auf der Verpackung.

Ich halte die lange Plastiktube Senf vor meinen fröstelnden Körper. *Das kann doch einen Seemann nicht erschüttern …* tönt es von drinnen. Wenn das nicht Situationskomik ist. Mir ist übel, wenn ich daran denke, heute Abend als Playboy-Bunny im Nikolauskostüm zu bedienen. Wieso ICH? Jetzt schneit es auch noch. Warum passiert ausgerechnet mir so etwas? Dieses

Pfannkuchengesicht hat nur gesagt: »Ich zwinge keinen, wer nicht will, der kann gehen.«

Gehen? Hier in Hamburg probieren es viele und hier sind gute Jobs rar. Ich war echt froh, mir so die Theaterschule finanzieren zu können. Mit dem Wenigen, das ich beim Schreiben von Feuilletons verdiene, wäre ich nicht weit gekommen.

Jawohl, meine Herrn … tönt es passend aus dem Lokal.

Dann mal nix wie rein! Emil steht mit einem Tablett Krapfen auf der Treppe.

»Hey Marie, Kopf hoch! Das wird schon wieder.«

Nett gemeint.

»Danke, Emil!« Du ahnst nicht, wie ich mir vorkomme, denke ich nur.

Ich schlittere auf den blöden High Heels zur Treppe. Mir ist zum Heulen. Die Krapfen duften süß und dampfen noch. Emil stellt das Tablett auf die Stahltreppe, einer von den vielen Hans-Albers-Imitaten kommt aus dem Lokal, um unter der Überdachung seine Pfeife anzustecken. Er beugt sich zu mir vor: »Na, min Deern«, johlt der Seemann mit der riesigen Quetschkommode vor seiner Brust, lehnt sich weit zurück und spielt den alten Seemannssong *La Paloma*. Den hatte der Alte Chef sehr häufig hier gespielt, damals.

Der Mann lüftet seine schwarze Mütze, darunter schütteres, noch sehr blond gelocktes Haar, sieht mich mit seinen seeblauen, traurigen Augen an, zwinkert mir aufmunternd zu, und während er mit einer sehr ausladenden Drehung wieder ins Lokal zurückgeht, spricht er weiter, ein Sprechsingen, leicht genuschelt, aber es geht durch Mark und Bein:

»Dein Schmerz wird vergehn
und schön wird das Wiedersehn!
Mich trägt die Sehnsucht
fort in die blaue Ferne.
Unter mir Meer
und über mir Nacht und Sterne.
Vor mir die Welt,
so treibt mich der Wind des Lebens,
wein' nicht, mein Kind,
die Tränen, sie sind vergebens.
– La Paloma … ad …«,

spielt er den Refrain. Der hat's drauf. Gespenstisch, denke ich. Hab' noch den süßen Vanilleduft seines Tabaks in der Nase und muss nun wirklich weinen. So hatte ich mir Hans Albers immer vorgestellt. Er wirft Emil und mir noch einen Handkuss zu und lallt:

»Seemanns Braut ist die See. La Paloma …«

Wie echt, denke ich und muss zittern. Er geht wieder zurück in den Club und Tobias Graf macht ihn fies an. Nomen est Omen, geht es mir durch den Kopf. Dieser Möchtegern. Er steht in der Tür zum Kühlraum. Man hört ihn noch, obwohl die Stahltür gerade zuschlägt, aber er berlinert zu stark. Durch das vergitterte Fenster sieht man, wie sie rangeln, sie sich lautstark streiten und beide den schwach beleuchteten Lagerraum verlassen.

Emil hält mir einen Krapfen unter die Nase und tupft mit einer Papierserviette die Tränen aus meinem Gesicht. »Komm, magst du einen?«

Ich kann nicht widerstehen, die sind richtig lecker, nur die Füllung fehlt. Mmm, der ist noch warm in der Mitte.

Bestätigend nicke ich Emil zu: »Gut sind die.«

Seine Mütze umgekrempelt wie ein Kosak, steht Emil im Hof und beginnt auf der dünnen Schneeschicht zu schlittern.

»Was wird das?«, frage ich.

Nach einem leichten Bogen macht er eine halbe Drehung auf der Stiefelspitze und verschränkt die Arme. Er springt nach rechts und macht eine Andeutung, dass es gleich weitergeht. Ich muss lachen. Emil startet erneut, bewegt sich immer schneller, springt hoch, schlittert weiter nach rechts. Ein Tänzer. An ihm ist ein Tänzer verloren gegangen. Er setzt wieder neu an, und noch einmal, Strich, Strich, Strich. Seine Stiefelspitze malt ein T. Noch ein langer Strich, dann stampft er mit dem Fuß auf. Er steht mir gegenüber und grinst, nimmt mich bei der Hand und zieht mich hoch auf die Stahltreppe. Er hat »Freiheit!« in den Schnee geschrieben. Ich stelle die riesige Senftube auf das Blech.

»Prima! Und wie sollen wir uns die Freiheit zurückerobern? Dem sind wir doch vollkommen egal. Sollen wir jetzt abhauen?«

Emil zieht den roten Zipfel wieder aus der Don Kosaken-Mütze. Das goldene Glöckchen bimmelt. Seine Wange ist ganz warm, als ich ihm über den Bart streiche. Er nimmt meine Hand und reibt sie zwischen seinen Händen. »Die ist ganz kalt«, sagt er noch außer Puste von seiner Tanzeinlage.

Ich ziehe an meinem Kleidchensaum, stoße gegen die Kante des Backblechs, der Senf fällt um und einige der Krapfen purzeln wie Schneebälle zu Boden. Eiskrapfen. Emil wirft mir einen zu. Der Refrain von *Flieger, grüß mir die Sonne* schallt aus dem Lokal, als die Tür aufgeht und Tobias uns reinruft. Ich atme tief durch, ziehe und zerre an meinem viel zu kurzen

Kleid. Weihnachten. Frieden und Freude überall. Und … und da ist noch etwas: Zuversicht in eine volle Senftube mit langer Spritzdüse. Wir sehen uns an und beginnen zu lachen.

Im ›Albers‹ läuft die Eröffnungsparty auf Hochtouren. Die sechs Kellner – Pardon! – Nikoläuse und Nikoläusinnen tun ihr Bestes. Die geladenen Gäste haben sich um die Stehtische drapiert. Einige suchen noch, zwängen sich durch die Lücken. Wo steht wer? Für die ›Creme‹ hat er noch etwas im hinteren Teil des Ladens arrangiert. Der Feinkostladen Paukowa liefert die Austern und den Kaviar. Da kommt Brian, der Presseheini, mit seinem Team. Emil und ich sehen uns an und denken garantiert das Gleiche. Es gibt jetzt kein Zurück mehr.

Auftakt: Die Beamerprojektion von Hans Albers erhellt die Wand hinter dem Tresen. Von überall her kommt im O-Ton: »Hoppla, jetzt komm ich!« Die Hans-Albers-Akteure mischen sich unter die Gäste. Was nun für einige Irritationen sorgt. Aus der Anlage tönt *La Paloma* … Ich schaue zu den Möwenattrappen an der Lokaldecke.

Emil stößt mich an: »Komm, nimm dein Tablett!« Er reicht mir eine der sechs Krapfenpyramiden auf dem Silbernen. Wir stellen uns auf. Ulla, Philip, Katrin und Karl, dann Emil und ich. So war es verabredet. Der neue Chef wird den ersten nehmen und dann werden wir die anderen verteilen. Party-Berliner, so nennt er die Krapfen, von denen er denkt, sie hätten Champagnercremefüllung. Er steht mit Pomadefrisur im Smoking auf der kleinen, etwas erhöhten Tanzbühne unter dem Spotlight und beginnt seine bedeutungsvolle Ansprache. Ich stehe schräg vor ihm. Er greift sich den obersten Krapfen. »Ich freu mich, euch so zahlreich hier zu sehen.«

Er sieht in die Menge der knapp zweihundert Gäste, tut ganz überrascht: »Konrad, danke, dass du den Weg aus L. A. hierher gefunden hast. Nun ja, dem ›Albers‹ in der alten Speicherstadt eilt sein Name voraus … ist zu einem Wahrzeichen Hamburgs geworden. In diesem Sinne …«

So ein Aufschneider. Nicht, dass er fast aus seinem Smoking platzt, der Typ ist unglaublich. Der Konrad ist schon seit Monaten wieder hier. Die haben seine Firma gepfändet und ich glaube, der hat sogar den Anzug für die Feier geliehen. Mach schon, du aufgeblasener … Ja … eine innere Freude steigt in mir auf, je näher er den Ballen zum Mund führt. Gleich, vor der ganzen Mischpoke wird er sein Gesicht verlieren. Wie die Frau vom Bürgermeister ihn schon anklimpert, mit ihren falschen Wimpern. Diese aufgetakelte Tusse. Hey, was ist das? Das kann nicht sein. Er hat keine Miene verzogen. Nein! Er grinst über die vollen Backen. Dreht rasch den Rücken zum Publikum. Er jappst, schnappt nach Luft. Seine Augen tränen. Er zieht ein Tuch aus seiner Brusttasche, dreht sich wieder um und tupft sich demonstrativ die Träne von der Wange. Die Freudenträne. Ich fasse es nicht. Das Pfannkuchengesicht lächelt ganz verzückt in Brians Kamera und schwadroniert ins Mikro: »Freunde, ich habe mir für diesen Abend natürlich etwas ganz Besonderes einfallen lassen. Der … extra scharfe Party Berliner … meine ganz neue Kreation und exklusiv hier im ›Albers‹ … kr, hm-krrr hhm.«

Jetzt scheint es zu wirken. Der Mostrich ist angekommen. Aber … was? Er verdreht die Augen, hechelt noch etwas, und, und? Er fällt um. Ein Raunen geht durch den Saal. »Einen Arzt, wir brauchen einen Arzt! Ist ein Arzt im Lokal?«

Schultern zuckend sehe ich einige Minuten später zu Emil, der kopfschüttelnd dasteht. Während man Tobias aus dem Raum bringt. Konrad geht vorweg und macht dem Bürgermeister noch ein Zeichen.

»Ich will das nicht glauben … tot? Das kann nicht sein. Das war doch nur Most, Most extra scharf …«, höre ich mich sagen.

»Marie«, Emil drückt meine Hand. »Marie … das, das kann nicht … das kann nicht sein!»

Sie schauen alle zum Bürgermeister, während die Doppelgänger es als Startsignal für einen erneuten Einsatz sehen und sich aufstellen. Leise spielt ein Akkordeon hinter uns. *Auf der Reeperbahn nachts um halb eins* … säuselt die Stimme und schwankend geht der singende Seemann an uns vorbei. Ich sehe in die stahlblauen Augen. Er zwinkert mir zu. Die Pfeife im Mundwinkel, wie man es aus den alten Seemanns-Filmen der Ufa kennt, so echt und leibhaftig. Ich erkenne ihn. Er ist es. Wir schieben uns durch die Menge. Jetzt beginnen auch die anderen zu singen. Es ist schwer ihm zu folgen. Jeder singt mit und sie beginnen zu schunkeln. Es wird immer schwerer ihm zum Ausgang nachzugehen. Man könnte glauben, er spielt dieses letzte Lied zum Abschied für den alten Hannes und das ›Albers‹.

Draußen nur dichter Nebel. Das dumpfe Horn eines Schiffes. Das Klatschen der Wellen gegen die Kaimauer. Der feste Schlag einer Turmuhr. Halb eins.

Michael Johannes B. Lange

Tod eines geistlichen Vorstehers

Manfred Luchs, der geistliche Vorsteher der Stiftung Espenhof, war von den spielenden Kindern, die mit dem ersten Schnee eigentlich einen Schneemann hatten bauen wollen, tot aufgefunden worden. So wurde dieser *Playstation*-Generation zum ersten Mal ein authentischer Toter zuteil, mit dem in der Adventszeit in der Schule so richtig angegeben werden konnte.

»Wieso soll ausgerechnet ich mich darum kümmern?«, fragte ich. Ich sah aus dem Fenster unserer Davidwache: Graues Wetter mit Schneematsch, das durch die Blaulicht-Reflexe unserer Einsatzwagen erleuchtet wurde. In der Ferne ragten die Landungsbrücken in den trüben Himmel. Der Verkehr, der sich dort unten vorbeischlängelte, war das einzig Bunte in dieser schmutzigbraunen-finstergrauen Winterlandschaft. Auch heute würde es nicht richtig hell werden. Schneeflocken waren das einzig Helle. Und bald war Weihnachten.

Im trüben Fensterschein sah ich undeutlich mein eigenes Spiegelbild: Unrasiert und mit grauen Haaren, obwohl ich erst Mitte dreißig war. So sah der Typ aus, auf den Weihnachten zukam. Ich hatte noch nicht einmal Geschenke. Geschenke, was brauchst du Geschenke? Warum sollte also ausgerechnet ich mich um einen toten – wie hieß das noch gleich? – geistlichen Vorsteher einer kirchlichen Einrichtung kümmern?

»Weil Wehner Grippe hat und es nun einmal in deine Zuständigkeit fällt, Greif. Ich habe Durendal gesagt, ihr trefft euch am Eingang.«

Ich schlug meinen Mantelkragen hoch und ging durch kalte Flure und über dunkle Marmorstufen nach unten. Wieder kam ich an den gerahmten Bildern der Kolleginnen und Kollegen vorbei, die in Ausübung ihres Dienstes ums Leben gekommen waren.

Widerwillig las ich beim Warten die Zeitung. PRÄSES DER KIRCHE FINDET NACH SCHWEREM VERLUST IMMER NOCH TROST IM GLAUBEN: »ICH WERDE MEINEN SOHN IN DER EWIGKEIT WIEDERSEHEN«.

Das Foto zeigte Peter Schröder – bullig, untersetzt, mit Stirnglatze. Ich kannte Schröder noch von den damaligen Arbeitskämpfen. Damals war er noch Gemeindepfarrer gewesen, der den Streik der Busfahrer mit Fürbittengebeten und Aufwärmmöglichkeiten im angrenzenden Gemeindehaus unterstützt hatte. Am Ende seines ersten Theologiesemesters war sein Sohn Isaak an Leukämie erkrankt. Nach der Chemotherapie und Rückenmarkstransplantation hieß es, er sei geheilt, dann der Rückfall.

»Zu spät, Durendal«, stellte ich fest, ohne von der Zeitung aufzusehen.

Durendal wurde rot. Das ließ sie mit ihren Sommersprossen und dem kurzen brünetten Haar nur besser aussehen. Sie war erst seit einem knappen Monat in unserem Dezernat. Sie war so klein, dass sie, so vermutete ich, die körperliche Mindestgröße von 1,65 nur knapp überschritt. »Haben Sie wenigstens Ihr Notizbuch dabei?«, fragte ich.

Durendal verzog das Gesicht. Wir stiegen in meinen dunkelroten Polo, der inmitten von Eis und Schneematsch aussah wie ein deplatziertes Osterei.

»Was wissen Sie über den Espenhof, Durendal?«, fragte ich, während ich auf die 75 Richtung Wandsbek bog.

»Eine kirchliche Nervenklinik«, antwortete Durendal. »Versorgt unsere Stadt und den ganzen Umkreis drum herum. Voll von Schizophrenen, Depressiven, Paranoikern, Alkoholikern – kurz, alles, was der gesunde Menschenverstand so abbekommen kann. Nicht zu vergessen den Altersschwachsinn.«

Der Schlagbaum war hochgezogen, sodass wir direkt durchfahren konnten. Zwei Ambulanzen parkten in der Einfahrt. Sanitäter warteten rauchend den Papierkrieg ab.

»Wir müssen uns an der Pforte anmelden«, sagte Durendal.

Die Pforte war ein flaches Gebäude, direkt neben der Schranke. Ein junger, glatzköpfiger Mann mit Spitzbart blickte uns hilfsbereit an. Ich stellte uns vor. Der junge Mann sprach in einen Telefonhörer. In einer Auslage wurde ein Info-Heft über den Espenhof angeboten. Ich griff nach einem.

»So, bitte da entlang!«

Wir klopften an die schneeweiße Tür, neben der ein Schild angebracht war.

»Ach ja, Sie sind es«, sagte die Frau, die von ihrer Tastatur zu uns aufblickte. Cornelia Franke hatte langes, schwarzes Haar und trug eine Brille, die beschlagen war.

An Luchs' Witwe hatten wir in unserer Ermittlungsrangfolge natürlich als Erstes gedacht. Doch sie hatte sich vor einigen Jahren das Leben genommen. Die beiden Söhne hatten mit dem Vater nichts mehr zu tun haben wollen – und für die betreffende Zeit auch ein Alibi.

Luchs' Büro bestand aus einem großen massiven Mahagonitisch, an dessen Seiten jeweils drei Stühle standen.

»Hier fanden immer die Dienstbesprechungen statt«, erklärte Cornelia Franke, während sie sich die Augen wischte. »Auf der rechten Seite saß dann Pfarrer Hein, daneben Pfarrerin Friedländer.«

»Hatte Herr Luchs denn irgendwelche Feinde?«, fragte ich.

»Ach, er war immer so distinguiert, zog immer vor jedem den Hut«, erinnerte sich Cornelia Franke. »Er war ja ein so guter Mensch. Niemand verdiente den Ruhestand mehr. Mein Gott, er hatte doch schon ein Haus in Blankenese gekauft. Er war hier so fröhlich an seinem 60. Geburtstag.«

»Der Raum muss sich ja ganz schön gefüllt haben«, meinte Durendal.

»Oh nein, das war …«, meinte Frau Franke. Sie unterbrach sich und wurde rot.

»Sie haben uns sehr geholfen«, fügte ich hinzu. »Wir hätten dann noch gerne Akteneinsicht.« Ich wies mit dem Kinn auf das Bücherregal. »Und zwar alles.«

»Hier ist nicht alles«, sagte Frau Franke. »Für die übrigen Akten müssen Sie runter in das Schwesternhaus zu Frau Strom. Sie ist die Sekretärin von Herrn Hein.«

»Zwei Pfarrer, und jeder hat eine eigene Sekretärin?«, fragte ich stirnrunzelnd.

»Herr Luchs repräsentierte die Stiftung Espenhof, während Pfarrer Hein die Kirchengemeinde bei der Stiftung verkörpert«, erklärte Cornelia Franke.

»Gut, dann werden wir jetzt mal zu der Frau Strom gehen«, meinte ich.

Das Schwesternhaus war ein lang gezogener Flachbau. Überall waren die Espen zu sehen.

»Warum eigentlich Espenhof?«, fragte ich.

»Die Rinde enthält schmerzstillende Wirkstoffe«, antwortete Durendal.

»Kräutermedizin also? Klingt fast schon heidnisch, oder?«, grinste ich.

Vor dem Schwesternhaus standen Kinder, die die Weihnachtsgeschichte spielen wollten. Die kleine Maria war mit einem Rucksack schwanger. Hoffentlich sind sie auch warm genug angezogen, dachte ich. Die nasse Kälte drang mir durch meinen Mantel in den Leib und in die Knochen. Der Himmel war eine einzige graue Kuppel, von der es manchmal herabregnete.

Die Tür zum Gemeindebüro stand offen. Dietlinde Strom saß an ihrem PC. Wir stellten uns kurz vor.

»Das ist wirklich furchtbar«, sagte sie. »Sich das vorzustellen. Und der Mörder läuft noch frei herum.«

»Können Sie uns sagen, ob Manfred Luchs irgendwelche Feinde hatte?«

Frau Strom wurde ein wenig rot, ein interessanter Kontrast zu dem blauen Lidschatten.

»Ich denke, ich plaudere da kein Geheimnis aus, wenn ich Ihnen sage, dass das Verhältnis zwischen Herrn Luchs und Herrn Hein, nun, nicht ganz frei von Spannungen war«, sagte Frau Strom zögernd.

»Ach, die beiden konnten überhaupt nicht miteinander?«

»Ich will nicht missverstanden werden. Ich habe hier genug erlebt und möchte jetzt einfach nur noch nächstes Jahr in Rente gehen.«

»Das Beste wird sein, wenn wir mit Pfarrer Hein einmal selber sprechen«, sagte ich. »Eine Bitte hätte ich dann allerdings noch.«

Frau Strom sah mich an.

»Ich möchte alle Akten hier einsehen, bevor der große Reißwolf angefahren kommt«, sagte ich. »Die Kollegen werden gleich hier alle Akten zur Analyse auf das Präsidium bringen. Und jetzt möchten wir Pfarrer Hein sprechen.«

»Na, hören Sie mal«, ereiferte sich Pfarrer Hein. »Ich habe gerade Unterricht für die …«

»Ich schlage vor, wir gehen erst einmal in Ihr Büro«, sagte ich betont freundlich.

Hein glitzerte mich feindselig an.

»Wir können die Befragung auch auf dem Präsidium durchführen«, sagte Durendal.

»Ja, ja, schon gut«, meinte Hein und schloss die Tür zu seinem Büro auf. Uns entging nicht, wie ramponiert das Schloss war. So, als ob sich schon vorher jemand einen gewaltsamen Zugang hatte verschaffen wollen.

Wir rochen die abgestandene Luft. Der Arbeitsplatz am PC war komplett mit Papierstapeln befrachtet. Wir setzten uns an die Sitzgruppe, den einzigen freien Platz. Auf dem Tisch standen noch benutzte Kaffeetassen.

»So ganz traurig scheinen Sie ja nicht über Herrn Luchs' Tod zu sein?«, meinte Durendal.

»Das Leben muss doch weitergehen«, meinte Hein. Er leckte sich die rot-feuchten Lippen, die in seinem weißen Gesicht wie aufgemalt wirkten. Auch die sich lichtenden Haare waren schneeweiß.

»Kommen wir zum Thema«, sagte ich. »Das Verhältnis zwischen Herrn Luchs und Ihnen war nicht besonders gut.«

»Das ist eine infame Lüge. Wir haben immer ein gutes Miteinander angestrebt.«

»Angestrebt, was?«, fragte ich.

»Spannungen gibt es doch überall, wo Menschen zusammen kommen, mein Gott«, wand sich Hein. »Sie sollten mal ein Programm mit den Fortbildungsveranstaltungen in die Hand nehmen. Ein Seminar heißt sogar *Feindesliebe innerhalb der Kirche.*«

»Damit haben Sie es aber nicht so, oder?«

»Also ich habe mir ja einiges von Ihnen bieten lassen«, sagte Hein mit rotem Kopf. »Aber ich habe auch meine Beziehungen. Ich war nämlich mit dem amtierenden Präses im selben Predigerseminar und daher …«

»*Dem* Präses Schröder?«, fragte ich. Endlich wird's interessant.

»Der Präses, der seinen Sohn durch Krebs verloren hat?«, präzisierte Durendal, die mit mir einen schnellen Blick wechselte.

»Ich habe Verbindungen. Ich habe meine Pferdchen am laufen. Dann können Sie wieder Streife gehen in der Herbertstraße.«

»Sie kennen sich ja gut aus, Herr Pfarrer«, lächelte ich bloß.

Draußen schloss ich den roten Polo auf, und wir stiegen ein. »Lesen Sie mir in der Zwischenzeit etwas vor, Durendal«, bat ich, während ich ihr die Info-Broschüre in die Hand drückte.

Die Stiftung Espenhof war 1896 in Wandsbek gegründet worden, um psychisch Kranke aufzunehmen. Während des

Dritten Reiches war es ihr gelungen, nicht wenige Patienten vor den Nazis zu schützen. Während der großen Bombardierung – Operation Gomorrha – durch die Engländer, war die Stiftung fast komplett zerstört worden. Die Folge war, dass die Stiftung mit Neubauten wieder errichtet wurde, in denen auch medizinisch geforscht wurde.

»Jetzt kommt es: 1999 wurde vom Kuratorium das Leitbild beschlossen, das vom geistlichen Vorsteher ausgearbeitet worden war. Der Umgangsstil soll von gegenseitiger Achtung geprägt sein, der einerseits unterschiedliche Auffassungen respektiert, sich anderseits um Einvernehmlichkeit bemüht. Dazu gehört die Bereitschaft, mit Spannungen zu leben und Schuld zu verzeihen.«

Ich begnügte mich mit einem knappen Grunzen und blickte zu dem Sonnenuntergang über der Außenalster. Bald darauf hatten wir die Innenstadt erreicht. Menschen hasteten über den Glockengießerwall und die Mönckebergstraße. Als wir am Hans-Albers-Platz ein Fischbrötchen aßen, sahen wir eine Gruppe fröhlicher Frauen im mittleren Alter mit Sektflaschen und Plastikbechern: Alle trugen Nikolausmützen mit blinkenden Lichtern.

»Haben Sie eigentlich schon all Ihre Weihnachtsgeschenke?«, fragte ich, während mir zwei Mädchen auffielen, die sich als Engel kostümiert hatten. Sie rauchten und sprachen mit missmutigen Mienen aneinander vorbei in ihre Handys.

»Nein«, antwortete sie. »Mir ist überhaupt nicht nach Weihnachten dieses Jahr. Ich habe mich für die Feiertage zum Dienst eintragen lassen. Sollen die Verheirateten ruhig feiern, die mit Familien.«

»Aber Heiligabend haben Sie frei?«, fragte ich.

»Ja, da lege ich mich in meine extra große Badewanne und schlürfe ein Gläschen Rotwein, allein.«

Wir betraten den Trakt, in dem die Ergotherapie untergebracht war. Muntere Geräusche vom Pfeilen, Hobeln und Sägen, vermischt mit Radiomusik, drangen zu uns.

»Ein interessanter Gedanke, dass Arbeit auch gesund machen kann«, sagte Durendal.

Rechts neben der Tür befand sich ein Namenschild:

PFARRERIN FRIEDLÄNDER – SEELSORGE.

»Ja, bitte doch, herein«, flötete eine fröhlich heitere Stimme.

»Die Trauer um diesen geistlichen Vorsteher scheint sich wirklich in Grenzen zu halten«, meinte Durendal, während ich die Tür öffnete.

Anna Friedländer hatte lange, hellblonde Haare und eine spitze Nase. Sie erinnerte mich an eine Mischung aus Pippi Langstrumpf und einer keltischen Druidin. An der einen Wand hing ein kleines Bild des Dalai Lama.

»Ist alles so weit wie möglich nach den Prinzipien von Feng Shui eingerichtet«, lächelte die Pfarrerin. »Ich werde mal eine Duftkerze anzünden. Meditationstee müsste ich auch noch haben«, fügte sie hinzu und stellte den kleinen Wasserkocher an.

»Wir ermitteln im Fall des ermordeten Pfarrer Luchs«, begann Durendal.

»Ja, so viele negative Energien an einem einzigen Ort, einer Stätte, die doch eigentlich ein Platz der Heilung sein sollte«, meinte sie seufzend. »So eine böse Aura.«

»Kennen Sie irgendjemanden, der Herrn Luchs etwas wollte?«, fragte ich.

Anna Friedländer winkte seufzend ab. »Das Verhältnis zu Herrn Hein, nun ja«, meinte sie und verdrehte die Augen. »Ich meine, was er vor seiner Pensionierung noch vorhatte, wissen Sie ja wohl selbst.«

»Was denn?«, fragte ich.

»Na, er wollte die Kirchengemeinde liquidieren«, berichtete sie. »Mit Herrn Hein konnte Herr Luchs immer nur unter größten Magenschmerzen – genauso wie ich. Sie müssten mal sehen, was für widerliche Fratzen der Herr Hein in meinem Gottesdienst macht. Da darf ich gar nicht hingucken. Wenn ich's täte, würden mir die Abendmahlsworte oder sogar das Vaterunser nicht mehr einfallen. Was meinen Sie, was ich täte, ohne meine Meditation in meinem Ruheraum? Wissen Sie, positive Energien, die schlummern in uns allen und …«

Auf zwei Etagen lagerten im Keller der Staatsanwaltschaft über 30 000 Beweismittel: hohe Regale mit voll geräumten Kisten, Umschlägen und Kartons.

»Na, dann ans Werk«, sagte ich, während ich mir Mantel und Pullover auszog.

»Am besten, wir arbeiten uns chronologisch zurück«, schlug Durendal vor. »Ich kümmere mich um die Akten der Stiftung und Sie um die der Kirchengemeinde.«

Ich hatte schon jetzt genug: das trübe Deckenlicht aus den Leuchtstoffröhren, die grauen Betonwände, das Surren der Belüftungsanlage. Diejenigen, die wir eingebuchtet hatten, hatten wenigstens ein Fenster.

Viele Menschen sehen Verfolgungsjagden und Schießereien vor sich, wenn sie an Polizei denken. Das ist zwar auch ein Teil unserer Arbeit, aber nur ein kleiner. Der Löwenanteil nimmt solche Form der Ermittlung ein: Aktenstudium, Befragungen und Überprüfung von Alibis. Manchmal freute ich mich, dem üblichen Stress mit den Taschendiebstählen auf den Weihachtsmärkten von St. Petri und am Michel entkommen zu sein.

Am Tag der Beisetzung schien zum ersten Mal seit Langem wieder die Sonne.

»Für die Kirchengemeinde bei der Stiftung Espenhof bedeutet der Heimgang von Pfarrer Manfred Luchs einen ernsten Einschnitt«, fuhr Hein fort. »Sie verdankt ihm ihren Aufbau nach Kirchenrecht. Nachdem er den klassisch-parochialen Dienst quittiert hatte, um geistlicher Vorsteher zu werden, hat Bruder Luchs schon darunter gelitten, dass unsere Kirche ihn nach wie vor als Pfarrer de facto betrachtet, ihn aber formell nie wieder mit Aufgaben betraut hat.«

Ich warf einen schnellen Blick zum Präses. Schröder verzog keine Miene.

»Dass Pfarrer Luchs in der von ihm selber einmal bevorzugten Art kirchlicher Arbeit in den letzten Jahren keine Chancen mehr erkannte, hat die Kirchengemeinde bitter erfahren müssen«, fuhr Hein fort. »Gleichwohl hat er ihr dabei geholfen, sich dem weltlichen Umfeld anzugleichen.«

»Haben Sie Ihren Fahrschein dabei?«, fragte einer der Patienten, der sich wohl aus seinem betreuten Bereich auf diese Beerdigung verlaufen haben musste.

Dann sprach der Präses. Man konnte meinen, er würde noch einmal seinen Sohn beerdigen müssen. Der Präses, dachte ich.

Wir ersparten uns, Luchs das letzte Geleit zum Friedhof

auf dem hinteren Gelände des Espenhofes zu geben. Der frische Schnee knirschte trocken unter unseren Schritten. Die Kälte nagte sofort an unseren Gesichtern.

Auf dem asphaltierten Weg kam uns ein Bagger mit einem Arbeiter entgegen, der einen Presslufthammer transportierte.

»Der Espenhof wird wohl immer eine einzige Baustelle sein«, meinte Durendal.

»Die gehen zum Friedhof«, sagte ich. »Die müssen mit Bagger und Presslufthammer das Grab ausheben, wegen dem Frost.«

»Sie kennen sich ja gut aus«, stellte Durendal fest.

»Von Mal zu Mal ein wenig besser.«

Zwischenzeitlich musste ich an die Elbphilharmonie denken, an etwas, das einfach kein Ende nahm. Also wurde ich auf den Anfang zurückgeworfen. In dieser Nacht hatte ich die Patientenfrage nach dem Fahrschein gehört und von den Warnstreiks geträumt.

Streik, dies war eine Spur, die wir noch nicht aufgenommen hatten. Der Streik im öffentlichen Personennahverkehr.

»Wir müssen noch jemanden überprüfen«, verkündete ich leise und fest. »Kommen Sie!«

Die Straßen und Alleen von Altona wehten an uns vorbei. Es hatte wieder gefroren. Eis lag wie zerknitterte Klarsichtfolien auf den Pfützen, die von den Passanten sorgfältig gemieden wurden.

»Fahren Sie bitte vorsichtig«, sagte Durendal. »In den Nachrichten haben sie Schnee und Glatteis angesagt.«

»Rufen Sie die Kollegen von der Spurensicherung. Außerdem soll sich ein Einsatzkommando bereithalten, für alle Fälle.«

Die Anspannung in meinem Polo wuchs und verdichtete sich, bis Durendal schließlich fragte: »Haben Sie schon mal jemanden getötet?«

Ich sah in den Rückspiegel. Die Sonne stand niedrig. Auf dem vor Nässe glänzenden Asphalt blendete sie bedrohlich.

Ich schüttelte nur den Kopf. Nie zuvor hatten wir unsere Walther P99 schwerer am Körper gespürt als jetzt. Es wurde nun wieder still im Auto. Der Klang des wegspritzenden Granulats der gestreuten Straßen wurde zum einzigen Geräusch, als wir anhielten.

»Sie werden schon erwartet«, sagte jemand am Empfang.

Wir waren allein in dem Gebäude und gingen die Treppen hinauf. Alles war übersichtlich ausgeschildert: Weite Fluchten, in denen das Licht schon heruntergedreht und auch hier kein Mensch mehr anzutreffen war.

»Mein Gott, ich kann das immer noch nicht glauben«, sagte Durendal.

Das Büro hatte einen eigenen Vorraum, der durch eine Glaswand von dem übrigen Gebäude abgetrennt war. Der Fußboden dort war weiß, und ein milchiger Schein fiel durch ein kuppelartiges Oberlicht. Neben einer Sesselgruppe im *Art-déco*-Stil stand der Mann im mitternachtsblauen Anzug und hieß uns willkommen.

»Danke, dass Sie sich noch die Zeit genommen haben«, sagte ich. »Besonders an so einem Tag.«

»Gehen wir doch in mein Büro«, schlug der Präses vor, während er auf die Uhr sah. »Noch ist es ja nicht ganz Heiligabend.«

Die Ledersessel ächzten, als wir uns in ihnen niederließen. Ich sah den Präses an. Sein erstes Weihnachtsfest ohne Sohn. Wie feiert man so ein Fest?, fragte ich mich.

»Wann haben Sie Manfred Luchs zum letzten Mal lebend gesehen?«, fragte ich.

Ein Schatten schlich über Schröders Gesicht. »Bei der Verleihung der goldenen Wertschätzung«, sagte Schröder.

»Was ist das?«

Schröder griff in eine Schublade. Jedem anderen Verdächtigen hätte ich das nicht so ohne Weiteres durchgehen lassen. Der Präses zeigte uns das blau-weiße Logo des kirchlichen Unternehmens.

»Hier sehen Sie selbst«, sagte er.

Ich sah nicht hin. Ich ließ Schröder von jetzt an nicht mehr aus den Augen. Ich musste daran denken, wie ich als noch junger Bereitschaftspolizist zum ersten Mal randalierenden Fans im damaligen Volksparkstadion gegenüber gestanden hatte. Das hier war schlimmer.

»Es ist ein Zeichen des Dankes an Menschen, die 25 Jahre im Bereich praktischer Nächstenliebe mitgewirkt haben.«

»Und so etwas begleitet auch der Präses?«, fragte Durendal.

»Nun, es war eine besondere Gelegenheit«, erwiderte Schröder.

»Inwiefern?«, hakte ich nach. »Der Präses verwendet plötzlich wertvolle Zeit darauf, mit anzusehen, wie das kirchliche Fußvolk ein paar billige Anstecker angeheftet bekommt?«

Schröder wurde rot.

»Wir haben alles überprüft«, fügte Durendal hinzu. »Eine Spur führt zu Ihnen, Herr Präses.«

Das Schweigen wurde immer greifbarer und so sichtbar wie

das trübe Zimmerlicht. Draußen hatte es wieder zu schneien begonnen.

Der Präses lachte kurz auf. »Soll ich Ihnen mal was sagen, meine Herrschaften? Ich werde mich jetzt in mein Auto setzen und zu meiner Familie fahren.«

Schon war er aufgestanden.

»Um Ihre Mercedeslimousine kümmern sich inzwischen die Kollegen von der Spurensicherung«, sagte Durendal.

»Und wir sind sicher, dass sich dort DNA-Reste Ihres toten Bruders im Herrn finden werden«, fügte ich hinzu. »Irgendetwas bleibt immer zurück. Wollen Sie uns denn nicht einfach endlich sagen, was passiert ist?«

Der Präses schluckte. Er nahm seine Brille ab und rieb sich die Augen. Nach keinem Verhör hatte ich so ein Gesicht gesehen. Das hier war erst der Anfang. Der Präses blickte nach draußen: Steingrauer Himmel, Schneematsch, Menschen, die vorbeihasteten, noch schnell allerletzte Geschenke kauften und ein Jahr, das zu Ende ging. Er sah nun wieder so aus wie im Fernsehen, wenn er über seinen verstorbenen Sohn sprach.

»Sie haben sicherlich von der Krankheit meines Sohnes gelesen«, setzte er stockend an. »An diesem Abend wollte ich mit Manfred noch einmal reden. Ich bat ihn also, seine Entscheidung zu überdenken, ich flehte ihn regelrecht an. Mein Gott, Manfred, mein Sohn stirbt, und im Espenhof könntet ihr doch wenigstens eine Spendersuchaktion starten. Vielleicht gibt es ja bei euch einen Knochenmarkspender. Bundesweit haben wir danach gesucht. Niemand kann uns helfen, und ihr im Espenhof habt doch alles vor Ort. Mein Gott, Manfred, wir beide waren doch zusammen im Predigerseminar. Manfred, mein Junge krepiert, und ihr im Espenhof habt vielleicht die Möglichkeiten, ihn zu retten.«

Ich versuchte mir vorzustellen, wie der mächtigste Mann der Kirche vor diesem geistlichen Vorsteher auf die Knie ging: Diese Ohnmacht, während das eigene Kind im Sterben liegt.

»Sie haben Ihren Freund Hein mitgenommen«, sagte ich. »Drei Brüder, die damals gemeinsam im Predigerseminar waren. Noch einmal darüber sprechen. Und dann das letzte Wort haben.«

»Das können Sie nicht beweisen«, widersprach Schröder.

»Wir halten uns an das, was wir haben, und das ist eh schon genug. Und jetzt weiter.«

»Manfred ritt andauernd auf dem ›Prominentenbonus‹ herum«, erinnerte sich Schröder stockend.

»Dann kam eins zum anderen, und ein Wort zum anderen«, nahm ich den Faden auf. »Wer hat zugeschlagen? Wer hat Herrn Luchs den entscheidenden Schlag versetzt?«

Die Tränen flossen dem Präses nun unterbrochen. »Das war ich«, schluchzte er.

»Und dann haben Sie mit Herrn Hein Herrn Luchs' Leichnam weggeschafft«, stellte Durendal fest. »Und ziemlich dilettantisch, wenn ich das mal sagen darf.«

»Wir sind Pfarrer. Wir haben nicht das, was Sie als kriminelle Energie kennen.«

Dazu sagte ich nichts.

Der Präses wurde also am Heiligen Abend in Handschellen aus dem Kirchenamt abgeführt. Unterdessen standen Durendal und ich inmitten von all dem ganzen Blaulicht immer noch auf der Straße und sahen uns an. Ich holte nun das Geschenk hervor.

»Für mich?«, fragte Durendal überrascht.

Lächelnd sah ich zur Seite und blickte mich um. Am Heiligen Abend schienen geschlossene Geschäfte noch dunkler als sonst zu sein. Nun freute ich mich, dass Christina das Geschenkpapier aufriss. Ja, ich hatte ihr ein neues Buch geschenkt. »Das alte müssten Sie doch wohl inzwischen längst vollgeschrieben haben, oder?«

»Für weitere gemeinsame Ermittlungen?«, entzifferte Durendal meine Handschrift auf der ersten Blanko-Seite.

»Ich habe aber nichts für dich, Roland«, sagte Durendal mit zögerlichem Lächeln, das von Augenblick zu Augenblick zuversichtlicher und fester wurde. Ihre Wangen wurden rot, und ihr Lächeln war nie schöner gewesen, während ich an die Badewanne dachte.

Bald würde unser Hamburg vom Glockengeläut erfüllt sein, und ich hatte so das Gefühl, wir würden vorher noch mit unserem verbliebenen Kinderglauben in eine der Kirchen gehen. Letztlich war es egal, in welche Kirche wir gingen: Die Bilder der Birkenhof-Kinder in ihren Weihnachtskostümen, Kinder, von denen manche eben auch an Leukämie sterben können, würden uns begleiten.

In memoriam Johannes Karl Biniok (1916-1998)

Sabine LaBe

Pfefferkuchen mit Filmriss

Eisblauer Dezemberhimmel, ausnahmsweise kein Hamburger Schmuddelwetter. Der stattliche Polizeiwachtmeister Schmitz wuchtet sich aus seinem Dienstwagen und beeilt sich, ins Warme zu kommen.

»Moin, Moin. Klare Luft heute«, begrüßt er seine Kollegen, »und 'ne steife Brise aus Nordost.«

»Moin Hannes!« Wachtmeister Lorenz blickt kurz auf und reicht Schmitz das Protokollbuch über den Empfangstresen.

Schmitz überfliegt die Meldungen vom Vortag. »Es war ja richtig ruhig bei euch, noch keine Entführung gemeldet?«

»Nee, keine Entführung, aber wir warten darauf, dass es wieder passiert, die werden uns wohl wieder unsere Weihnachtsfeier vermasseln, so wie letztes Jahr«, Lorenz rollt die Augen, »und meinen Urlaub.«

Die Polizei tappt seit Beginn der Entführungsserie vor mehr als 5 Jahren im Dunkeln: Stets kurz vor Weihnachten verschwindet eine Frau in Hamburg und taucht spätestens Heiligabend wieder auf. Keine der Frauen konnte sich erinnern, was mit ihr passiert war. Die Frauen schienen unversehrt, auch psychische Beeinträchtigungen konnten nicht an ihnen beobachtet werden, bis auf ihre begründete Sorge, was wohl während des Filmrisses geschah. Die Hinweise aus der Bevölkerung waren spärlich und widersprachen sich so sehr, dass sie bislang kaum verwertet werden konnten. Vier Herren, alle aus der gehobenen Hamburger Gesellschaft, wurden zunächst verdächtigt, etwas mit dem Verbrechen zu tun zu haben, was aber dem ermittelnden LKA nur Zurechtweisungen vom Polizeipräsidenten einbrachte, weil sie die Herren unnötig belästigt hätten.

»Wir können nur hoffen, dass wir, ja genau wir, die Bande dieses Jahr endlich dingfest machen können«, sagt Schmitz, »das wäre die fünfte Entführung in Folge, da muss es uns endlich gelingen.«

»Die Hoffnung stirbt zuletzt«, antwortet Lorenz und stöhnt: »Bloß nicht wieder dieses Gedöns mit der großangelegten Suche in ganz Hamburg und Umgebung.«

»Nee, bloß das nicht!«, stöhnt auch Schmitz, setzt sich an seinen Arbeitsplatz und vertieft sich in die Entführungsakten. Dass der Fall längst dem LKA übergeben wurde, stört ihn nämlich nicht. Er kennt die Akte fast auswendig. Was hat er übersehen? Es muss doch etwas zu finden sein, was auf die Täter hinweist.

Kaum hat er seine Nase in die Akte gesteckt, klingelt das Telefon.

»Polizeikommissariat 14, Schmitz am Telefon.« Schmitz' Stimme klingt ungehalten; ihm missfallen diese Störungen.

Die Polizei bekommt immer wieder Anrufe von alten oder verwirrten Leuten, die felsenfest behaupten, dass sie bestohlen wurden. Meist reicht ein Telefonat mit den Angehörigen, um die Sache aufzuklären. Aber die Schilderung dieser älteren Dame klingt klar und überzeugend.

»Lorenz, überprüfe doch bitte Vera Zinten, Warburgstraße, und lasse mal vorsorglich ihr Bankkonto sperren. Frau Zinten glaubt, dass ihre Nichte Bettina sie bestohlen hat. Das Portemonnaie ist weg, sonst vermisst die Dame bisher nichts. Ich mache mal die Runde durchs Revier und statte ihr dabei einen Besuch ab.«

Seufzend macht sich Schmitz auf den Weg, er wäre lieber an seinem Entführungsfall drangeblieben.

Als Vera Zinten den Telefonhörer auflegt, weiß sie schon, dass es ein Fehler war, die Polizei zu verständigen. »Ich werde alt«, seufzt sie, »aber da muss ich jetzt durch. Hoffentlich lässt sich dieser Schmitz Zeit.«

Sie wählt rasch die Nummer ihres Lebensgefährten Kurt, kein Unbekannter bei der Polizei, hinterlässt auf seiner Mailbox, sich erst einmal fernzuhalten, eilt durch ihre Altbauwohnung voller alter Möbel unter hohen, stuckverzierten Decken, stopft die Utensilien in den Schlafzimmerschrank, die auf Kurts Gegenwart hinweisen könnten, sinkt nach getaner Arbeit erschöpft in ihren Sessel im Erker ihres Wohnzimmers und lässt erneut ihren Späherblick umherschweifen.

Der Tisch vor ihr ist gedeckt für den Fünf-Uhr-Tee zu zweit. »Ich werde, statt umständlich ein Gedeck wegzuräumen, diesen Schmitz zum Tee einladen«, beschließt Vera. Nachdenklich nimmt sie einen Pfefferkuchen vom Teller und beißt hinein. »Noch nicht trocken genug«, stellt sie fest. Vera mag trockene Pfefferkuchen, den man in den Kaffee oder den Kakao tunken muss, bevor man ihn beißen kann, denn das erinnert sie an vergangene Zeiten, als sie mit ihrer Mutter und ihrer Schwester ein Knusperhäuschen aus selbst gebackenem Pfefferkuchen gebaut hat. In der letzten Adventswoche wurden dem alten *Dr. Oetker Backbuch* das handgeschriebene vergilbte Rezept und die durch die Jahre von Teigen verklebten Schablonen für die Wände des Hexenhäuschens entnommen und Pottasche und Hirschhornsalz besorgt. Dann wurde gebacken und gebaut.

»Ach Bettina«, seufzt Vera, als es klingelt.

»Polizeiwachtmeister Schmitz«, hört sie durch die Sprechanlage und bedient sofort den Türöffner. »Das Badezimmer«, schießt es ihr dabei durch den Kopf. Wie von der Tarantel gestochen rennt sie ins Bad, versteckt Rasierwasser und Zahnbürste und versprüht vorsichtshalber Eau de Cologne in alle Richtungen. Nach alleinstehender älterer Dame soll es riechen, und nicht nach Mann. Ihr Blick fällt auf den Drogenschrank: Hoffentlich schaut er nicht hinein!

»Hallo, Frau Zinten?« Eine angenehme Stimme tönt aus dem Flur. Sie hat die Wohnungstür offen stehen lassen. Das wäre ihr früher nie passiert. Vor ihr steht ein rundlicher, freundlich blickender Mann in Uniform, der ihr zunickt und sogleich damit beginnt, die Wohnung zu inspizieren.

Vera Zinten beobachtet mit besorgter Miene wie sich Schmitz umschaut. Zum Glück stößt aber bei ihm das unauffällig weiße Schränkchen im Bad auf kein Interesse.

»Ich habe noch ein paar Fragen«, sagt Schmitz zu Vera und schaut ihr dabei nicht nur in die Augen, sondern auch aufs großzügig ausgeschnittene Dekolleté.

»Vielleicht bei Tee und Gebäck?«, antwortet Vera lächelnd und macht eine einladende Geste zum Erker hin.

Schmitz nickt und lässt Frau Zinten nicht aus den Augen.

»Und Sie sind sicher, dass Ihre Nichte die Diebin ist?«

Vera nickt. »Niemand sonst hat Zugang zu meiner Wohnung«, behauptet sie nachdrücklich.

»Sie leben also allein? Hat Ihre Nichte sonst noch etwas mitgenommen?«, fragt er, schlürft den Tee und nimmt ein

Stück Pfefferkuchen. Schmitz könnte sich in der Gesellschaft der Dame richtig wohlfühlen, wäre da nicht die Feder der Federkernpolsterung seines Sessels, die sich in seine rechte Gesäßbacke bohrt.

»Nein, ich vermisse sonst nichts. Bettina hat aber etwas dagelassen, die alte Backanleitung von damals. Wir wollten zusammen ein Pfefferkuchenhäuschen bauen.« Die alte Dame setzt sich aufrecht hin und will gerade ansetzen, um über die Bedeutung dieses alten Rezeptes zu sprechen, als Schmitz ihr zuvorkommt: »Backanleitung von damals? Dann können wir schon mal den Enkeltrick ausschließen. Sie kennen den Enkeltrick?«

Vera gibt sich unwissend: »Das sind doch die Erbschleicher, oder?«

»So ähnlich«, antwortet Schmitz, »wissen Sie, wo Ihre Nichte wohnt?«

Vera schüttelt mit dem Kopf und schubbert unterm Tisch mit ihren Füßen, die Glöckchen an ihren rosa Pantoffeln klingeln leise. »Mein Kontakt zur Familie war abgebrochen, bis meine Nichte plötzlich aus dem Nichts auftauchte. Wissen Sie, ich war selbst überrascht, dass ich eine Nichte habe. Sie hat nur ihren Vornamen und ihre Nummer in mein Telefonbüchlein geschrieben. Aber sie hatte unsere alte Backanleitung ...«

Schmitz kratzt sich am Kopf und rutscht auf dem Sessel unruhig hin und her. Was pikt da so unangenehm? Vera blickt den Polizeimeister prüfend von der Seite an. Er merkt etwas, oder? Aber was? Hat er sich vielleicht in sie verguckt? Es wäre nicht das erste Mal, dass sie einem Mann die Contenance raubt und ihn in Erregung versetzt, sogar noch in ihrem Alter.

»Wir werden versuchen, das Handy zu orten«, verspricht Schmitz und hat es plötzlich sehr eilig. Er schiebt noch schnell einen Pfefferkuchen in den Mund und will aufstehen, doch Vera hindert ihn daran und nimmt seine Hand.

»Als ob das ein Trost wäre, ich habe mich so gefreut, dass meine Nichte mit mir Weihnachten feiern wollte. Der erste Heiligabend seit Langem, an dem ich nicht allein gewesen wäre. Wir wollten doch zusammen das Knusperhäuschen backen. Ich verstehe das alles nicht: Erst hat sie gesagt, dass sie mich endlich kennenlernen möchte, und dann bestiehlt sie mich und verschwindet so mir nichts dir nichts.«

Doch Schmitz scheint in Gedanken, entzieht Vera seine Hand, steht auf, deutet einen Diener an und macht Anstalten aufzubrechen: »Ich muss«, sagt er, »vor Weihnachten haben wir viel zu tun. Sie hören von uns, wenn wir Näheres in Erfahrung gebracht haben.«

Vera atmet erleichtert durch, als sie hinter Schmitz die Wohnungstür schließt. Es ist gut gegangen, er nimmt ihre Worte offenbar für bare Münze. Na ja, und es stimmt ja auch: Sie hätte so gern mit Bettina ein Knusperhäuschen gezaubert.

Wieder allein im Erker ihres Wohnzimmers sitzend erinnert sich Vera wehmütig an ihre Familie.

Sie seufzt tief und denkt an das Hexenhaus, das Jahr um Jahr gebacken und vor dem Tannenbaum aufgestellt wurde. Zwischen den Jahren, also von Heiligabend bis zum Dreikönigstag, durften Vera und ihre Schwester heimlich ein paar bunte Leckereien von den Wänden ablösen, »hinten, wo es keiner gleich sieht«.

Am sechsten Januar war es endlich soweit: Das Knusperhäuschen wurde zum Verspeisen freigegeben. Die Kinder aus der Nachbarschaft im Schanzenviertel, nördlich von St. Pauli, waren um den Tisch versammelt, beobachteten jeden Handgriff der Mutter und warteten ungeduldig auf den Pfefferkuchen, um ihn in den heißen Kakao zu tunken und dann in den Mund, den gierigen, zu stecken.

»Die Kinder heutzutage sind übersättigt. Da guckt niemand mehr einen trockenen Pfefferkuchen an«, seufzt Vera. Damals war so ein trockener Pfefferkuchen für die Schanzenkinder ein wahrer Genuss.

Aus diesem damals armen Viertel stammend, gut aussehend und mit wenig Freude an harter Arbeit, sah Vera lediglich eine Möglichkeit, um zu Geld zu kommen: als Stripperin auf der Reeperbahn. Wegen ihrer besonderen Ausstrahlung und ihres wohlgeformten und willigen Körpers fand der betuchte Hanseat, Kurt Habermus, Vera so anziehend, dass er sie zu seiner Lebensgefährtin auserwählte. Mit seinem Faible für spiritistische Sitzungen machte er sie bald zum Medium für seine Séancen.

»Wir sind anständige Leute, mit so etwas wollen wir nichts zu tun haben«, sagten Veras Eltern und ihre Schwestern im Chor, wobei das st von ›anständig‹ so spitz klang, dass es ein Herz durchstechen könnte.

Vera vergaß also, dass sie Verwandte hatte, bis sich vor ein paar Tagen ihre Nichte bei ihr vorstellte. Seitdem muss sie immer wieder an ihre Schwester denken und merkt, wie sehr sie alle doch vermisst hatte. Was die Schwester heute wohl macht? Bettina wollte ihr das alles erzählen, aber Kurt hat sie überredet, der Nichte die K.-o.-Tropfen zu verabreichen, um sie so schnell wie möglich für sein Vorhaben gefügig zu machen.

»Immer und immer nur seine Séancen. Ich hätte nicht auf Kurt hören sollen.« Ärgerlich steht Vera auf und stellt Teller und Tassen zusammen. Dann wäre Bettina noch da, und der Duft von selbst gebackenen Pfefferkuchen würde jetzt durch die Wohnung ziehen. Das Portemonnaie hat Bettina vielleicht, ohne es zu wollen, im Delirium an sich genommen und ist auf die Straße gerannt. Hoffentlich ist ihr nichts passiert? Kurt ist schuld! Am besten wäre es, wenn Kurt gar nicht mehr auftauchen würde. Sie denkt an den Giftschrank im Badezimmer und an den Polizeiwachtmeister Schmitz.

»Wer weiß, wer weiß«, lächelt sie nun versonnen und räumt den Tisch ab, »ich könnte ja später mal bei Kurt ein wenig nachhelfen.«

»Wie gut, dass ich mein Portemonnaie wiederhabe. Wo genau haben Sie die Tasche denn gefunden?«, erkundigt sich Vera, als sie tags darauf mit ihrem Überraschungsgast gemütlich im Erker sitzt. Telse Pottburger sitzt auf dem Platz, auf dem gestern Polizeimeister Schmitz saß und rutscht wie er auf ihrem Sessel hin und her. Die Feder der Polsterung pikst unangenehm in ihr Gesäß.

»Die Tasche lag in einem Abfallkorb am Hauptbahnhof. Ich sammle dort Leergut.« Telse errötet und führt ihre Teetasse fahrig zum Mund.

Vera betrachtet ihren Gast aufmerksam mit einer Mischung aus Neugierde und Freundlichkeit. Telse sieht gar nicht aus wie eine, die in Abfalleimern stöbert. »Leergut aus Abfalleimern herauszuholen ist nicht gerade eine wohltuende Beschäftigung. Ich weiß, wie es ist, wenn man zu wenig Geld hat«, sagt sie verständnisvoll und betrachtet nachdenklich die Tasche, die Bettina bei sich getragen hat. Wie ist die Tasche bloß in den

Abfallkorb gekommen? Hoffentlich ist Bettina nichts zugestoßen?

Keine Zeit zum Grübeln! Schnell schiebt sie ihre Gedanken beiseite und wendet sich ihrem Gast zu: »Mein Mann kommt gleich, sie sollen doch einen Finderlohn haben. In meiner Geldbörse ist ja nichts mehr, was ich ihnen geben könnte. Noch einen Pfefferkuchen?«

Telse schüttelt mit dem Kopf: »Nein danke, ich muss wirklich jetzt gehen. Meine Kinder warten auf mich«, sagt sie und will aufstehen.

Vera wehrt ab: »So bleiben Sie doch noch, bis mein Mann kommt.«

Telse will etwas sagen, bekommt aber keinen Ton mehr über ihre Lippen und sackt in sich zusammen. Ihr Kopf fällt auf den Tisch, und die Arme baumeln seitlich hin und her.

»Kurt, du kannst hereinkommen, die K.-o.-Tropfen wirken jetzt«, ruft Vera.

Die Tür geht auf, und herein tritt ein weißhaariger, alter Herr. »Hast du es im Blick, wann sie wieder etwas braucht?«, fragt Kurt streng, »und vor allem: Hast du dieses Mal die richtige Mischung verabreicht?«

Vera sagt nichts, blickt ihren Lebensgefährten nur ärgerlich an.

»Nicht, dass uns das Gleiche noch mal passiert wie mit deiner Nichte. Wachte die doch vorzeitig auf und machte sich aus dem Staub. Nicht noch einmal.«

Er geht zu Telse, hebt ihren Kopf hoch und zieht prüfend eines ihrer Lider hoch. »Richtig dosiert, unsere ehrliche Finderin ist ausreichend betäubt«, sagt er versöhnlich, »die Gute wird für unsere Weihnachts-Séance ein besseres Medium abgeben als deine Bettina, die sogar die Verwandtschaft bestiehlt. Dieses unanständige Luder, das steckt wohl in deiner Familie.«

Das ›st‹ von bestiehlt und unanständig durchsticht auch diesmal Veras Herz. Tapfer versucht sie, ihre Tränen zu unterdrücken und legt beide Hände über ihre Brust. Sie hätte sich sträuben sollen. Zu gern hätte sie mit ihrer Nichte das Hexenhäuschen gebaut.

»Hexenhaus, Hexenhaus, du mit deinen nostalgischen Anwandlungen. Wir brauchen sie für unsere Séance und Basta!«, sagte Kurt vor ein paar Tagen zu ihr in einem Ton, der keine Widerrede erlaubte.

Veras Stimme zittert: »Kurt, ich will nicht mehr. Es ist ein für alle Mal das letzte Mal, dass ich mitmache.« Sie blickt zu Telse, die völlig teilnahmslos im Sessel hängt: »Erst Bettina, und jetzt diese junge Frau. Und der Polizist, der zwischendrin auftauchte. Das ist alles zu viel für mich.«

»Papperlapapp! Ist doch alles gut gegangen. Lass uns die Sache mit deiner Nichte schnell vergessen und mit den Vorbereitungen beginnen. Die Einladungen müssen heute noch getätigt werden. Wie letztes Jahr, dieselben Gäste, derselbe Ort, dieselbe Zeit.«

»Auf dem Ohlsdorfer Friedhof, in Ottos Familiengruft, wie letztes Jahr«, antwortet Vera mit brüchiger Stimme, »ich bin müde, Kurt.«

Kurt umarmt und küsst seine Vera. »Ach komm, reiß dich zusammen. Uns ist dieses Mal die Frau für unsere Séance einfach zugeflogen. Eigentlich sogar zwei. Das ist ein gutes Omen für die Wintersonnenwende-Séance.«

Vera löst sich seufzend aus der Umarmung, geht zu ihrem Sekretär aus Nussbaum und holt die Telefonliste aus der untersten Schublade. »Das ist das letzte Mal, dass ich da mitmache«, murmelt sie, »wo Bettina jetzt wohl ist?«

Endlich hat es geschneit. In der Nacht vom 20. auf den 21. Dezember haben die Grabsteine auf dem Ohlsdorfer Friedhof alle zur Feier der Nacht eine weiße Pudelmütze aufgesetzt. Der Schnee dämpft die aus der Ferne kommenden Großstadtgeräusche, und auch die um diese späte Zeit ungewöhnlich zahlreichen Friedhofsbesucher stören die Grabesstille nicht.

»Dieses Jahr passt nun wirklich alles«, schwärmt Kurt und begrüßt seine Gäste aus der ›hanSéatischen‹ Society, die nach und nach eintreffen, und die von wenigen Kerzen schwach beleuchtete Treppe hinunter in die Gruft der Habermus-Sippe gehen. Vera, die neben Kurt steht und mit einem aufgesetzt freundlichen Nicken die eintreffenden Gäste begrüßt, schweigt und bewahrt mit Mühe die Contenance. Sie ist nicht bei der Sache, ihre Gedanken kreisen um ihre Nichte und um Bettinas Tasche, in der sie Pottasche und Hirschhornsalz gefunden hat. Zeremonienmeister Kurt Habermus bemerkt nichts von Veras innerem Wirrwarr. Als alle Gäste eingetroffen sind, schließt er die Gittertür hinter sich, bietet seiner Gefährtin den Arm an und schreitet mit ihr die Treppe hinab. Kurt trägt zur Feier der Nacht den eleganten, abgerundeten Gehrock, den er liebevoll seinen ›Arbeits-Schoßrock‹ nennt. Vera trägt wie jedes Jahr das weite, weinrote, lange Kleid aus Naturseide. In diesem Gewand wirkte sie lange als Medium, bis sie einfach zu alt wurde und die Trance-Mixtur, ein Gemisch aus Belladonna, Stramonium und Agaricus muscarius, nicht mehr vertrug.

Unten in der Gruft brennen Fackeln und lassen das Gewölbe erstrahlen. Medium Telse, schon in Trance versetzt, sitzt auf einem erhöhten Thron und trägt ein weißes, wallendes Nesselgewand, das bis zu den Knöcheln reicht. Sie ist barfuß. Ein kostbarer Schal aus feiner chinesischer Seide, dezent gemustert, ist um ihre Brust und den Thron geschlungen und hält sie aufrecht.

Ein grauhaariger Herr im Frack betrachtet Telse von oben bis unten. Sein Blick verweilt besonders lang an den nackten Füßen des Mediums. »Alles perfekt. Eine gute Wahl«, sagt er anerkennend zu Kurt.

»Ja, ein Glückstreffer«, antwortet Kurt zufrieden, »ich bin zuversichtlich, dass wir einen stabilen Kontakt zu unseren Freunden in Stonehenge und Atlantis aufbauen können. Wenn alle bereit sind, werde ich mit der Hypnose beginnen.« Kurt rückt näher an den Herrn. »Ich überlege, ob wir unser Medium nach der Séance noch länger festsetzen und nicht wie die anderen freigeben sollten«, raunt er ihm ins Ohr, »die Polizei war bei Vera, eine weitere Entführung könnte riskant werden.«

Der Herr nickt nachdenklich.

Just in diesem Augenblick werden sie gestört: Oben öffnet sich die Gittertür, und mehrere helle Taschenlampenkegel tanzen die Treppe hinunter, gefolgt von Hamburger Polizisten nebst Polizeiwachtmeister Schmitz und Kriminalinspektor Kluge.

»Da ist sie!«, ruft Schmitz eifrig und zeigt auf Vera, die ihn verdutzt anstarrt. »Vera Zinten, es besteht der Verdacht, dass Sie und alle anderen hier an den Entführungen der letzten Jahre beteiligt sind.«

Die Sanitäter und eine Ärztin drücken sich an den Polizisten vorbei und wenden sich Telse zu, die unberührt von allem selig lächelnd auf dem Thron hockt.

»Alles gut. Puls ein wenig zu schnell, aber Atemfrequenz und Herzschlag in einem moderaten Bereich«, verkündet die Ärztin, »kaum Vergiftungserscheinungen, keine akute Gefahr. Sind die Angehörigen unterrichtet?«

»Ja, sie wissen Bescheid.« Kluge blickt sich um. »Ich dachte immer, dass es auf dem Ohlsdorfer Friedhof gar keine Familiengruften gibt, nur das eine und das andere Mausoleum.«

»Da kannst du mal sehen, die reichen Hanseaten haben schon immer gewusst, wie sie elegant und ohne Gesetzesübertretung ihre Wünsche durchsetzen«, antwortet Schmitz und streicht über einen der am Rand stehenden Sarkophage. »Hier könnte man gut einen Vampir-Film drehen.«

»Wie sind Sie auf uns gekommen?«, richtet Vera ihre Frage an Schmitz. »Was hat uns verraten?«

Schmitz grinst Vera triumphierend an: »Einige Opfer konnten sich an einen durchgesessenen Sessel mit einer piekenden Feder erinnern und an Hausschuhe, die beim Gehen klingeln. Als ich mit Ihnen Tee trank, kam bei mir schon der erste Verdacht auf. Seitdem haben wir jeden Schritt von Ihnen beobachtet, und als Ihr Mann bei Ihnen auftauchte, wurde uns so einiges klar: Kurt Habermus wurde schon vorletztes Jahr verhört und ist, wie Sie wohl wissen, bei uns als Verdächtiger aktenkundig.«

Schmitz wendet sich mit stolzer Brust seinem Chef zu. »Den Fall habe ich gelöst«, sagt er triumphierend zu Kluge.

Kluge vom LKA nickt anerkennend: »Respekt! Das werden wir dem Polizeipräsidenten unter die Nase reiben.«

Die Brust von Schmitz schwillt noch mehr an. Stolz nähert er sich der Beschuldigten, und als diese nicht zurückweicht, wagt er sich noch einen Schritt näher an seine Angebetete heran. Die alte Dame sieht in ihrem Festgewand einfach umwerfend aus. »Übrigens, Frau Zinten, wir haben rückverfolgt, was alles mit Ihrer EC-Karte bezahlt wurde.«

Schmitz macht eine Pause und schaut Vera in den Ausschnitt. Er macht keinen Hehl daraus, dass Vera ihm gefällt. »Genau diese Sachen haben wir im Schrank von der Entführten, Telse Pottburger, gefunden, als wir nach Hinweisen für ihr Verschwinden forschten. Auch ohne das Klingeln Ihrer Pantoffeln wären wir auf Sie gekommen.«

Vera, die ungewöhnlich ruhig und gefasst wirkt, ja, es sogar ein wenig genießt, wie Polizist Schmitz sie hofiert, fragt verdutzt: »Habe ich das jetzt richtig verstanden? Diese Telse hat auf meine Kosten eingekauft? Heißt das, dass meine Nichte gar nicht mein Konto abgeräumt hat?«

Schmitz nickt. »Fast. Im Diebesgut bei Telse Pottburger fehlte ein Seniorentelefon mit extra großer Tastatur. Das war für Sie bestimmt, als Weihnachtsgeschenk, oder?«

Vera nickt aufgeregt: »Ja, wir haben über meine Alterssehschwäche gesprochen. Wo ist meine Nichte jetzt? Haben Sie sie gefunden?«

Schmitz lächelt. »Ja, unsere Kollegen haben sie auf dem Weihnachtsmarkt gegenüber vom Alsterhaus in einem etwas wirren Zustand aufgefunden.«

»Hat sie etwas gesagt?«, fragt Vera vorsichtig.

Schmitz schaut Vera prüfend an: »Nein, was hätte sie denn sagen sollen?«

»Ach nichts«, sagt Vera erleichtert, und um abzulenken, wirft sie ein: »Diese Telse hat meine Nichte bestohlen und wollte dann noch den Finderlohn bei mir abkassieren, was? Ganz schön dreist!«

»Ja, ganz schön dreist.« Schmitz drückt Vera zart die Hand: »Ende gut, alles gut, oder?«

»Für Sie vielleicht«, sagt Vera schulterzuckend und blickt zu Kurt. »Es ist vorbei«, sagt sie, ihre Stimme klingt fast erleichtert.

»Unsere Freunde aus Atlantis werden uns herausholen«, flüstert Kurt ihr zu.

Vera lächelt ihn müde an und hakt sich demonstrativ bei Schmitz ein. »Wie lange muss ich wohl ins Gefängnis?«, fragt sie ihn und schaut ihm lange in die Augen.

»Ich werde sehen, was ich machen kann«, raunt Schmitz ihr zu, »es gibt da so eine Art Kronzeugenregelung.«

Kurt wird derweil mit den anderen Gästen abgeführt. Betreten steigen sie die Stufen nach oben, ohne ein Wort zu verlieren.

»Sie fahren mit mir«, sagt Schmitz zu Vera und führt sie, so galant er es kann, aus der Gruft nach oben. »Sie müssen nicht verzagen, Weihnachten im Knast, das hat was. Ich komme Sie auf jeden Fall besuchen, und ich werde mit Ihrer Hilfe die Fadenzieher der Entführungen hinter Gitter bringen.«

Schmitz spürt, dass der gesamte Fall noch längst nicht gelöst ist. Auch diese Bettina wird er noch einmal ausführlich befragen.

Evelyn Leip

Weihnachtsdomino

Henriette schaut auf die Uhr und greift nach einem Dominostein. Erster Advent. Ab heute sind Dominosteine erlaubt. Es ist laut. Der Weihnachtsmarkt vor dem Rathaus ist gut besucht. Ideal, wenn man sich zufällig begegnen möchte. Sie trinkt einen Schluck Kaffee. Um sie herum stehen Menschen mit Glühweinbechern. Henriette kann Glühwein nicht leiden. Es riecht nach Zuckerwatte. Eine Mutter mit Kinderwagen schimpft, während sie versucht, sich einen Pfad durch die Menge zu bahnen, die sich zäh durch die schmalen Gänge wälzt.

Henriette zieht ihr Smartphone aus der Tasche. Sie hat kalte Füße und vier neue Nachrichten. Keine von Alice Lehmann, die jetzt bereits sieben Minuten zu spät ist. Henriette hasst Verspätungen mehr als Glühwein.

Thomas Schmidt arbeitet. Es macht ihm nichts aus am Sonntag zu arbeiten. Im Gegensatz zu Henriette muss er nicht warten. Die Lieferung ist pünktlich. Auch am Sonntag ist es am Hafen nicht ruhig. Eine weihnachtliche Stimmung spürt er nicht, aber er kann auch gerne darauf verzichten. Im letzten Jahr hat ihn seine Frau an Weihnachten verlassen. Trotzdem mag Thomas Weihnachten. In keiner anderen Zeit im Jahr ist die Nachfrage nach Kaviar und anderen Delikatessen so groß.

Er geht über den Hafen in Richtung HafenCity. Die alten Sperrzäune des Freihafens sind weg, aber auch die alte Speicherstadt verschwindet immer mehr. Er erkennt Hamburg kaum wieder. Der Rohbau der Elbphilharmonie ragt drohend vor ihm auf. Ein weiterer Beweis für die Unfähigkeit der Politiker, die Stadt am Leben zu erhalten. Dafür braucht es Menschen wie ihn.

In der HafenCity findet an diesem ersten Advent die ›WeinHamburg‹ statt. Thomas strebt auf den Eingang zu. Mit seinem Probierglas geht er von Stand zu Stand. Sammelt Visitenkarten, grüßt Bekannte und verkörpert gekonnt den seriösen Hamburger Kaufmann.

Ella Claaßen ist schlecht gelaunt. Erster Advent. Am Nachmittag wird ihr Mann seine engsten Mitarbeiter zum traditionellen Adventstee in seiner Harvestehudener Villa empfangen. Und er wird erwarten, dass sie die freundliche Gastgeberin gibt. Im Gegensatz zu Thomas Schmidt widerstrebt ihr die Schauspielerei.

Sie denkt an die Anzeige in der Morgenpost. Weihnachten in der Kurklinik ohne Gans und Senator. Leider keine Option. Sie steht vor ihrem Kleiderschrank und würde am liebsten eine alte Jeans oder den knallgrünen Minirock herausziehen. Ihr Blick fällt aus dem Fenster. Der Nebel verbirgt gnädig die Sicht auf die Grindelhochhäuser. Die Repräsentationsräume gehen nach vorne, Blick auf den Park. Seufzend greift Ella nach dem Kostüm in Maronenbraun. Dazu eine dezente Bluse und das Vorzeigelächeln, für das Senator Claaßen sie geheiratet hat. Zum Glück wird es auf dem Adventstee auch Alkohol geben, aber sie wird sich damit zurückhalten müssen. Gerade soviel, dass sie das Event erträgt, nicht so viel, dass ihr das einstudierte Lächeln vom Gesicht gleitet.

Alice kommt zwölf Minuten zu spät. Im Gegensatz zum unwinterlichen Wetter hat Henriettes Laune den Gefrierpunkt bereits erreicht. Als ihr Blick auf Alice fällt, heben sich ihre Brauen missbilligend. Alice würde gut daran tun, etwas mehr auf ihre Figur zu achten. Übergewicht wirkt undiszipliniert. Henriette verkneift sich einen Kommentar, als Alice sich zu ihr stellt und ein Stück Marzipantorte bestellt. Sie braucht Alice. Sie braucht vor allem ihre Kontakte, und wenn sie ehrlich ist, auch Alices Disziplin. Die sie in hohem Maße hat, auch wenn sie nicht so aussieht.

»Wir haben Probleme«, sagt Henriette. »Probleme, die ich ungern per Mail oder in deinem Büro besprechen möchte.«

Alice nickt. Solche Probleme sind ihre Spezialität. Ihre Beratungsfirma macht Werbung für Firmen, Imagekampagnen. Ihr Motto ist: ›Mehr Schein als Sein‹, auch wenn sie selbst durchaus mehr ist als es scheint. Wenn das alles nicht hilft, hat Alice ein paar Tricks auf Lager. Kontakte zu den Medien, für die sie früher gearbeitet hat. Leute, die ihr noch einen Gefallen schulden. Foren, in denen sie sich tummelt und Bekannte hat, die ihre Aussagen multiplizieren. Und als letztes Mittel gibt es immer noch böse Gerüchte und anonyme Anzeigen.

»Wir haben zu wenig Patienten. Obwohl wir so ein gutes Programm haben. Das weißt du ja.«

Alice nickt wieder. Das gute Programm kennt sie, sie hat es für Hochglanzbroschüren und Anzeigen professionell auf den Punkt gebracht. Zum Beispiel die Weihnachtsaktion. Weihnachten in der Kurklinik. Statt unangenehmer Verwandtenbesuche, Besuche in der Sauna. Statt fettigem Essen, Ruhe und eine Ernährung, die die Patienten fit und schlank ins neue Jahr gehen lässt. Leider waren nur wenige bereit, das Angebot anzunehmen.

»Spießer«, sagt Henriette gerade wegwerfend.

Alice würde eher der Preis abschrecken. Sie hat genug Geld, aber es würde ihr widerstreben, mehrere tausend Euro für eine Woche trockener Brötchen und Milch auszugeben, auch wenn sie dafür in einem Wellnesstempel logieren dürfte.

»Dieser Biohof ist schlimm genug. Allein der Dreck. Und jetzt die Pläne mit dem Flüchtlingsheim.«

»Schwierig«, sagt Alice. »Alles, was ich bisher unternommen habe, hat erstaunlicherweise die Solidarität der Bevölkerung geweckt. Aber mach dir keine Sorgen, ich denk mir etwas aus. Es ist allerdings besser, wenn du nichts davon weißt.«

Das klingt gut, findet Henriette. Sie muss jetzt los, sie hat noch einen Termin.

Staatsrat Willemsen ist auf dem Weg nach Harvestehude. Adventstee. Eine schöne Tradition. Auf dem Weg wird ihm Henriette einen Umschlag reichen. Sie treffen sich immer am letzten Sonntag im Monat im Alsterpark, da, wo die Hundewiese beginnt. Kaum ein Mensch ist unterwegs. Von hier kann er zu Senator Claaßen laufen. Frische Luft tut ihm gut, davon bekommt er unter der Woche zu wenig.

Am Abend hat Alice einige Telefongespräche geführt und alte Gefälligkeiten eingefordert. Dafür wird sie Henriette eine hohe Rechnung schreiben. Damit ist das Dominospiel in Gang gesetzt und zwischen dem ersten und zweiten Advent fallen die ersten Steine.

Am zweiten Advent hat Henriette frei. Keine Termine. Sie ist früh auf. Joggt und trifft im Park einen Weihnachtsmann, dem die Nikolaustour am Tag vorher wohl nicht gut bekommen ist.

Wieder zu Hause, holt sie sich einen Milchkaffee aus der kleinen portugiesischen Bäckerei, die unten bei ihr im Nachbarhaus ist. Die Leute stehen selbst bei dieser Kälte mit ihrem Kaffee in großen Gläsern auf der Straße herum. Sie überlegt, ein Stück Kuchen zu kaufen, aber sie hat noch Dominosteine. Sie nimmt die Sonntagszeitung aus dem Briefkasten, steigt die vier Stockwerke hoch und schaut aus dem Fenster auf die ›Rote Flora‹. Das Viertel gefällt ihr.

Vor einem Jahr hat ihr Chef sie von München nach Hamburg geschickt und sie ist froh, dass sie die kleine Wohnung im Schanzenviertel bekommen hat. Hier gibt es von allem etwas. Henriette liebt es bunt, auch wenn sie mit den Leuten von der ›Roten Flora‹ nichts anfangen kann. Sie denkt darüber nach, was ein Investor alles aus dem Gelände machen könnte und seufzt.

Die Investition ihres Chefs in die alte Kaserne in Fischbek dagegen war ihr von Anfang an suspekt. Ein wunderbares Gelände für eine Diätklinik, hatte er gesagt. Direkt neben dem Naturschutzgebiet. Spaziergänge, frische Luft, wir bauen Tennis- und Golfplätze, bieten Massagen und Bäder an und lassen die Leute für wenig Essen und ein bisschen Ernährungsberatung teuer bezahlen. Als Geschäftsführerin der Klinik hat sie bisher nichts als Ärger gehabt. Und der Hasselbrack bietet nicht wirklich einen Ersatz für die Alpen. Der einzige Lichtblick ist der Nebenverdienst, den ihr Thomas Schmidt ermöglicht hat. Sie kennt ihn aus dem Wirtschaftsstudium in Berlin. Dass sie sich dafür mit Staatsrat Willemsen abgeben muss, ist ein Makel, mit dem sie leben kann.

Staatsrat Willemsen ist auf dem Weg zum Ohlsdorfer Friedhof. In der Nähe der Sternwarte erhält er am ersten Sonntag des Monats einen weiteren Umschlag. Einen, der deutlich dicker und attraktiver ist als der vom letzten Sonntag, auch wenn der Überbringer viel weniger attraktiv als Henriette ist.

Henriette wendet den Blick von den Menschen ab, die im Park der Roten Flora ihre Tai-Chi-Übungen absolvieren, und setzt sich an den Schreibtisch. Sie greift nach einem Dominostein und schlägt die Sonntagszeitung auf. Sie liest erfreut den diffamierenden Artikel über den veganen Weihnachtsmarkt auf dem Biohof in Fischbek. Der Erlös soll den Flüchtlingen zugutekommen, die die Stadt ausgerechnet auf dem Gelände der ehemaligen Röttiger-Kaserne unterbringen will, auf dem auch die Klinik steht. Die Zeitung spricht von alternden Hippies, die unter dem Deckmantel eines Biohofs Drogen anbauen.

Gute Arbeit, Alice, denkt Henriette und blättert weiter. Seite acht, hier müsste die neue Werbung der Kurklinik stehen. Die neue Kampagne ist bitter nötig. Weihnachten als Fest der Bauchschmerzen und Einsamkeit soll Vergangenheit sein. »Fit ins neue Jahr«, heißt die Devise, und weg von der Schwiegermutter und von Tante Erna, die immer sagt, nimm doch noch ein Stück Torte. Henriette blättert um auf Seite acht, schiebt sich ausnahmsweise noch einen Dominostein in den Mund und findet: nichts.

Gar nichts. Eine weiße Seite starrt sie an, als hätte es zum Ausgleich für den matschigen Winter in der Zeitung geschneit. Sie greift zum Telefon und stößt dabei ihren Kaffee um. Ein hässlicher brauner Fleck breitet sich auf dem weißen Blatt der

Zeitung aus. Sie schiebt die Zeitung zur Seite und klopft ungeduldig mit den Fingern auf den Tisch.
Im Büro von Alice Feldmann klingelt das Telefon.

Hartmut Sinoweit richtet sich auf. »Telefon. Am Sonntag«, sagt er zu Sina Krüger.

»Consulting. Die kennen keinen Feierabend«, antwortet die Kollegin.

»Sie jetzt schon«, sagt Hartmut und deutet auf die Frau am Schreibtisch. Unter ihrem Kopf breitet sich ein hässlicher roter Fleck aus. Er hebt den Hörer ab.

»Ja?«

»Mit wem spreche ich?«

Die Stimme klingt nur mühsam beherrscht.

»Wer spricht denn dort?«, fragt Hartmut Sinoweit zurück.

»Ich möchte mit Frau Dr. Lehmann sprechen«, antwortet Henriette ohne auf die Frage einzugehen.

»Frau Lehmann kann leider im Moment nicht an den Apparat kommen. Wer möchte sie sprechen?«

Schweigen. Dieses Spiel kann Henriette noch lange spielen.

»Hören Sie, mein Name ist Sinoweit. Ich bin von der Hamburger Polizei. Mit wem spreche ich?«

Zögern. Besser nachzugeben.

»Henriette Kurz-Mehringer. Was ist passiert?«

»Darüber kann ich Ihnen am Telefon keine Auskunft geben. Warum rufen Sie an?«

»Ich bin die Geschäftsführerin der Hellberg-Kliniken. Frau Dr. Lehmann hat für uns das Marketing übernommen und eine Anzeige für heute nicht geschaltet.«

Marketing für eine Klinik. Hartmut schüttelt den Kopf. Die aggressive Werbung ist ihm schon aufgefallen.

»Ich kenne Ihre Klinik. Eine Kollegin kommt morgen bei Ihnen vorbei.«

Henriette schaut auf den Hörer in der Hand. Es passiert ihr nicht oft, dass jemand mitten im Gespräch einfach auflegt.

Professor Julius Herbold trägt einen weißen Kittel. Er hat die Knöpfe offen, so kann der Kittel dynamisch hinter ihm herwehen, wenn er die Gänge abschreitet. Die Gänge sind nicht weiß oder anstaltsbeige, sie sind in freundlichen Farben gehalten. Passende Aquarelle zieren die Flure und auch der Boden leuchtet vor Freundlichkeit. Julius Herbold pfeift leise vor sich hin. Seine Welt ist in Ordnung. Er hilft den Menschen und lebt gut davon. Dass die Klinik kaum Gewinne macht, ist nicht sein Problem. Dafür ist die Geschäftsführerin zuständig, die man ihm vor die Nase gesetzt hat. Die Frau mit dem schrecklichen Doppelnamen, den er sich nicht merken kann.

Es ist Sonntag. Er müsste nicht in der Klinik sein, aber er findet, die Patienten haben ein Anrecht darauf, dass er auch am Sonntag eine Visite macht.

»Professor!«, ruft eine Schwester und er bleibt stehen.

Er hebt missbilligend die Brauen, in einem Krankenhaus wird nicht gerufen, alles muss leise vor sich gehen, zum Wohl der Patienten. Inzwischen ist die Schwester atemlos neben ihm zum Stehen gekommen.

»Frau Kurz-Mehringer möchte Sie dringend sprechen.«

Die Frau mit dem unmerkbaren Namen.

»Was macht sie am Sonntag in der Klinik?«

»Das weiß ich nicht. Sie möchte, dass Sie umgehend in ihr Büro kommen.«

Umgehend. Ihr Büro. Das ist seine Klinik und mit der Verwaltung hat er wenig am Hut.

»Sagen Sie ihr, ich komme, wenn ich die Visite beendet habe.«

Als er eine Stunde später durch die Halle geht, in der der riesige Weihnachtsbaum fröhlich vor sich hinblinkt, hat er seine gute Laune wiedergefunden.

»Endlich«, Henriette schaut ihn an, als wäre er ein unpünktlicher Handwerker.

»Ich war bei der Visite«, sagt Julius und ärgert sich im gleichen Moment, dass er sich vor ihr rechtfertigt.

»Es gibt Wichtigeres im Moment«, antwortet sie knapp.

»Wichtigeres als die Visite? Entschuldigung, aber dies ist ein Krankenhaus«, sagt Julius gekränkt.

»Machen Sie sich nicht lächerlich. Das ist ein Diät- und Wellnesstempel für die, die ihn sich leisten können.«

Julius starrt sie an.

Es scheint Henriette fast, als sei ihm nicht bewusst, dass er seine Medizinerseele an den Kommerz verkauft hat. Aber sie hat keine Zeit, ihm das zu erklären. Als sie am Mittag im Radio die Nachricht über einen Drogenfund in Fischbek hörte, bekam sie Angst, dass Alice etwas in Gang gesetzt hat, das sich nicht mehr kontrollieren lässt und hofft, mit diesem Gespräch die nächsten Dominos am Fallen zu hindern.

3. Advent. Henriette bleibt am Plätzchenstand stehen und kauft ein paar Dominosteine. Nervennahrung. Die hat sie bitter nötig. Diese Woche ist nicht gut verlaufen. »Freue Dich«, singt ein Chor, und Henriette freut sich kein bisschen. Ihr ist nicht nach Weihnachtsmarkt zumute, aber zu Hause hat sie es nicht

mehr ausgehalten. Der Winterdom ist vorbei und das Heiliggeistfeld liegt leer und verlassen. Sie ist vorbeigehetzt. In ›Planten un Blomen‹ geht sie normalerweise gern spazieren. Heute hat sie kaum einen Blick übrig für die winterliche Landschaft. Den Weg vom Schulterblatt zur Fleetinsel hat sie in einer knappen halben Stunde geschafft. Einzig der nebelige Dunst, der über Hamburg zieht, passt zu ihrer schlechten Laune.

Sie hat am Donnerstag Staatsrat Willemsen außer der Reihe angerufen. Er war nicht begeistert. Sie hat darauf bestanden, sich mit ihm zu treffen. Er hat sie auf den Sonntag vertröstet. Es sind noch zwei Stunden Zeit, Henriette weiß nicht, wie sie die überstehen soll. Sie hat seit einer Woche nicht richtig geschlafen. Professor Herbold hat sich unkooperativ gezeigt und der Polizei Zugang zur Klinik gewährt. Henriette ernährt sich nur noch von Kaffee und Dominosteinen und fängt an zu zittern, wenn das Telefon klingelt.

Alice ist tot. Sie hat es verdient, findet Henriette, aber der Zeitpunkt kommt ungelegen. Alice hat ihre Kompetenzen grob überschritten. Hat der Polizei über einen befreundeten Journalisten einen erfundenen Tipp zukommen lassen. In der Hoffnung, den Biohof zu schädigen und den veganen Weihnachtsmarkt zu verhindern. Um damit die Bevölkerung gegen Flüchtlinge und Biohof aufzubringen und der Klinik diese Nachbarschaft zu ersparen.

Erstaunlicherweise fand die Polizei wirklich etwas. In einem Schuppen wurden ein Menge Kaviar und billige Lebensmittel beschlagnahmt und dazwischen auch Drogen gefunden. Unglücklicherweise vermutet die Polizei einen Zusammenhang zwischen Alices Tod und der Anzeige gegen den Biohof und der benachbarten Klinik. Viel mehr Sorge macht Henriette allerdings, dass sie zu wissen glaubt, wer im Schuppen des Biohofs Kaviar lagert.

Staatsrat Willemsen versteht nicht, was Henriette von ihm will. Die Besitzerin des Consulting-Büros, das für die aufdringliche Klinikwerbung verantwortlich ist, wurde erschlagen. Was geht das ihn an? Sein Deal mit Henriette ist, dass er ihr Kontrollen der Behörde für Gesundheit- und Verbraucherschutz rechtzeitig bekannt gibt und dafür eine kleine Aufwandsentschädigung erhält. Ein Deal, den er auch mit Thomas Schmidt hat. Ein Deal, der allen hilft. Der Klinik, dem Delikatessenhändler Schmidt, der Stadt und natürlich auch Staatsrat Willemsen.

Julius Herbold ist auf dem Weg zur Visite. Dritter Advent, heute bringt er jedem Patienten eine kleine Kerze vorbei. Es sind wenige Patienten im Haus, sie sollen ein wenig Weihnachtsstimmung haben. Frau Kurz-Irgendwas hat beschlossen, dass die Dekoration auf ein Minimum zu beschränken ist, aber im Moment ist sie hochgradig nervös und er denkt nicht, dass sie sich einmischen wird. Den großen Weihnachtsbaum in der Eingangshalle hat er ihr mit Mühe abtrotzen können und dafür versprochen, auf jede weitere Dekoration zu verzichten. Aus dem Schwesternzimmer klingen Weihnachtsmelodien. Er summt erfreut mit. Die Geschäftsführerin scheint mit den Nerven am Ende zu sein. Julius versteht nicht recht warum. Die Frau, die die unsägliche Werbung für seine Klinik macht, ist tot. Das interessiert ihn nicht. Diese ganze Idee mit der Alternative zu Weihnachten ist ohnehin Unsinn.

Thomas Schmidt wartet auf eine neue Lieferung, als es klopft. Er öffnet das Kontor. Der nächste Stein fällt und mit ihm Thomas Schmidt. Als sein Handy vibriert, weil Henriette ihn erreichen will, hört er es nicht. Als die Polizei mit dem Durchsuchungsbeschluss vor der Tür steht, ist er schon zwei Stunden tot.

Am vierten Advent macht Professor Herbold keine Visite. Die meisten Patienten wollten ohnehin Weihnachten zu Hause verbringen. Die übrigen mussten gehen, denn die Polizei hat die Klinik geschlossen. Der Fall der Dominosteine, den Henriette angestoßen hat, ist zu einem Ende gekommen und wieder da gelandet, wo er begonnen hat: in der Klinik am Fischbeker Naturschutzgebiet.

Julius Herbold bedauert es. Eine Kurklinik auf dem weitläufigen Gelände der Röttiger-Kaserne, direkt am Naturschutzgebiet gelegen, war eine wunderbare Idee. Allerdings ist er ganz zufrieden damit, dass nun die Nutzung als Flüchtlingsunterkunft weiter erwogen wird, und er wieder in Ruhe seiner Arbeit an der Universität nachgehen kann.

Der Biohof ist rehabilitiert. Der Schuppen, in dem Drogen, Kaviar und Lebensmittel lagerten, stand schon lange leer. Dass er als Lager genutzt wurde, war niemandem aufgefallen. Das Gelände ist groß. Der vegane Weihnachtsmarkt findet mit Verspätung erst am vierten Advent statt und ist gut besucht. Dazu tragen auch die Neugierigen bei. Der Stand von ProAsyl kommt ins Gespräch mit den Bürgern.

Die alte Röttiger-Kaserne ist wieder ungenutzt. Die Idee einer Kurklinik mit Ernährungsschwerpunkt ist fehlgeschlagen. Henriettes Chef geht davon aus, dass die Klinik nach diesem Imageschaden nicht zu retten ist. Henriette ist mit ihm einer Meinung.

Die Polizei hat nach dem Fund auf dem Biohof eine Woche gebraucht, um zu klären, wem Kaviar, Lebensmittel und Drogen gehören. Die Etiketten auf Milchpulver und Käse führten über Italien nach Osteuropa, Auskünfte über den in Hamburg belieferten Händler waren schwer zu bekommen. Nachfragen bei der Behörde für Gesundheit und Verbraucherschutz ergaben nichts. Als man schließlich nach der Kontrolle zahlreicher Speditionen auf den Namen Thomas Schmidt stieß, hatte man Angst, nichts mehr zu finden. Es wäre genug Zeit gewesen, Spuren zu beseitigen. Thomas Schmidt war bisher bei Kontrollen durch die Behörde für Gesundheit und Verbraucherschutz nie aufgefallen. Dass er dafür monatlich einen dicken Umschlag an Staatsrat Willemsen übergeben musste, wusste man nicht. Dass er sich deshalb sicher fühlte und seine Lager nicht räumte, war ein Fehler.

Denn diesmal schwieg Willemsen. Henriette hatte ihm von ihren Befürchtungen erzählt und wollte verhindern, dass bei Schmidt oder in der Klinik Lebensmittel und Unterlagen beschlagnahmt werden. Willemsen hatte ihr gesagt, sie solle sich keine Gedanken machen. Er würde für alles sorgen. Das tat er, indem er nichts tat. Als Henriette beschloss, mit Schmidt selbst zu sprechen, war dieser bereits tot.

Die Polizei fand bei Schmidt eine Menge verbotenen Wildkaviar, den er aus Bulgarien importiert und als Zuchtkaviar weiterverkauft hatte. Daneben vegane Pasten, die nicht vegan waren. Parmesan aus Rumänien, gepanschtes Olivenöl, Biomilch aus billigstem Milchpulver und vieles mehr. In den Unterlagen fanden sich als belieferte Betriebe Delikatessenläden, ein Sternerestaurant und die Kurklinik in Fischbek.

Staatsrat Willemsen, der mit Schmidt seit der Schule befreundet war, hatte ein reines Gewissen. Vegan und Bio waren neumodische Ideen und man tat den Leuten letztlich einen Gefallen, wenn sie das nicht essen mussten. Und Wildkaviar schmeckte ohnehin besser als Zuchtkaviar. Henriette war ganz seiner Meinung und froh, dass Thomas Schmidt ihr den Kontakt zu Willemsen ermöglicht hatte. Das war Marktwirtschaft. Wenn man Bedürfnisse weckte, sollte man sie mit Profit bedienen können.

Ella Claaßen nimmt den Rücktritt ihres Mannes gelassen. Am Freitag ist er im hässlichen Bau der Behörde für Gesundheit und Verbraucherschutz im Foyer unter dem großen Adventskranz vor die Presse getreten und hat die politische Verantwortung für den Lebensmittelskandal übernommen. Dafür sind ihm seine Parteifreunde etwas schuldig. Senator Claaßen hat Pläne. Wahrscheinlich wird sein Weg nach Brüssel führen. Man wird sehen.

Der Mann, dessen Namen keiner kennt und der keine Spuren hinterlässt, ist auf dem Heimweg. Sein Zug fährt über Berlin weiter nach Osten. Seine Arbeit in Hamburg ist getan.

Wenn man Presse und Polizei steckt, dass in einem Biohof Drogen vertickt werden, dann ist das ein billiger Trick. Wenn man dabei allerdings nicht bedenkt, dass jemand vielleicht wirklich etwas zu verbergen hat, ist das eine Dummheit, die man durchaus mit dem Tode bezahlen kann. Woher Alice Lehmann ihre Informationen hatte, konnte der Mann nicht herausbekommen. Aber sie musste zum Schweigen gebracht werden, bevor sie weitere Schwierigkeiten machte.

Wenn man neben dem gut gehenden Kaviarhandel glaubt, sein Einkommen durch weitere Betrügereien aufbessern zu müssen, weil man zu gierig ist, hat man Strafe verdient. Dass bei den Kaviarlieferungen auch Drogen versteckt waren, von denen Thomas Schmidt nichts wusste, ist die eine Sache. Dass Schmidt neben dem illegalen Kaviar noch andere krumme Geschäfte laufen hatte, die dazu führten, dass er aufflog, bezahlte er mit dem Tod.

Wenn man dagegen rechtzeitig erkennt, dass man sich zurückziehen muss, darf man sich freuen. Man kommt ungeschoren aus der Sache heraus und kann mit etwas Glück sogar einen Schritt nach vorn tun. Staatsrat Willemsen überlegt an diesem vierten Advent, wie er das Büro des Senators einrichten wird, wenn er die Berufungsurkunde erhalten hat.

Wenn man gut lügt und genug Dominosteine isst, hat man die Nerven, sich aus schwierigen Situationen mit nur geringem Schaden zu befreien. Henriette sitzt im Zug nach München. Sie isst eine Weißwurst und freut sich darauf, nach Hause zu kommen. Auch wenn sie noch nicht weiß, wie sie ihrem Chef erklären soll, warum sie nichts dafür kann, dass seine Idee mit der Klinik bei den Fischköpfen nicht funktionierte.

Jacqueline Reese

Gefallener Engel

Der kalte Wind blies ihm direkt ins Gesicht. Egal, wo man sich in dieser Stadt befand, dachte er, Wind und Wasser sind dir immer nah. Doch im Unterschied zum Sommer, wenn die Touristen in Scharen den Hafen und die Speicherstadt besichtigten und die unzähligen Ausflugsdampfer bestiegen, um ihren Hamburgbesuch mit einer Hafenrundfahrt zu krönen, war es jetzt so bitterkalt, dass er befürchtete, einer der Notunterkünfte der Hansestadt aufsuchen zu müssen. Er verabscheute diese Plätze, in denen es zwar eine warme Mahlzeit, eine Dusche und ein Dach über den Kopf gab, in denen aber die vielen rastlosen Seelen und vom Schicksal gebeutelten Einzelkämpfer nicht miteinander konnten. Eigentlich dachte er, müsste doch gerade sie vieles verbinden. Eigentlich.

Er schlug die Kapuze des alten Bundeswehrparkas über das Gesicht. Eiskristalle hatten sich in seinem Dreitagebart gebildet und wenn er ihn noch ein wenig würde wachsen lassen, könnte er als der leibhaftige Weihnachtsmann auftreten. Für einen Moment ließ ihn dieser Gedanke schmunzeln. Er als der leibhaftige Weihnachtsmann.

Vielleicht sollte er sich doch zu einem der Märkte begeben, dort duftete es nicht nur gut nach gebrannten Mandeln und sonstigem Zuckerwerk oder Punsch, nein, dort roch es nach sauberen Menschen in gepflegter Kleidung, dort war alles so normal, wie es in dieser Jahreszeit nur sein konnte: Ein jeder war vor den Festtagen unterwegs, um letzte Einkäufe zu erledigen, oder um an einem der Glühweinstände die Kälte aus den Gliedern zu vertreiben. Alles schien an diesen Tagen anders, irgendwie mystisch und unwirklich schön. Trotz des Konsumrausches konnte auch er sich der Faszination dieser besonderen Stimmung und der Erwartungen, der Anziehungskraft der oft kunstvoll beleuchteten Stände am Rathausmarkt oder rund um die Mönckebergstraße nicht entziehen. Egal, wo man sich hinwandte, überall weihnachtete es und selbst auf der Binnenalster fuhren sie mit den sogenannten Märchenschiffen vor der weihnachtlich beleuchteten Kulisse der großen Stadt, die er immer schon seine Heimat nannte. Nein, er wollte nirgendwo anders sein. Bestimmt nicht.

Hamburg, ein Wintermärchen, für viele war es genau das, und obwohl er nun um das Elend vieler armer Gestalten wusste, war ihm all der Trubel recht und er liebte jede erleuchtete Weihnachtsmarktbude, jeden rotgesichtigen Weihnachtsmann mit weißem Rauschebart, jeden dick eingemummten Aalverkäufer, jedes hübsch aussehende Kind mit Sammelbüchse der Heilsarmee, jeden Chinesen und Japaner, die mit großen Augen staunend durch die Glitzerwelt stolperten und jeden noch so kleinen Windhauch, der den Duft von Glühwein, von Zimt und Nelken und gebrannten Mandeln in seine Nase hauchte. Er konnte es in ihren Augen sehen, trotz der Einkaufshektik, ja er konnte es sehen: In jedem war der Wunsch nach einer heilen Welt oder auch nur der Erinnerung an das, was die Unschuld der Kindheit einmal ausgemacht hatte.

Er atmete tief die kalte Luft ein und spürte die Lebendigkeit seines Körpers. In ihm pochte das zerbrechliche Leben. Ja, er konnte Hamburg riechen, jede Stadt hatte ihren unverkennbaren Duft, jede, egal wo sie ihn mit verbundenen Augen hinbringen würden, er könnte jedes Viertel sofort erkennen, ob Kiez oder Hafen, Binnenalster, Blankenese, jedes Viertel, jede Straße hatten sich unauslöschbar in seine Sinne geprägt.

Vor Kälte etwas steif und ungelenkig hatte er sein Ziel nun fast erreicht. Die Dunkelheit und das Licht der Laternen ließen die Speicherstadt noch romantischer aussehen als am helllichten Tag.

Er mochte diesen alten, geschichtsträchtigen Ort mit seinen Giebeln und Türmchen, den roten Backsteinfassaden. Doch auch hier hatte die Moderne Einzug gehalten und die HafenCity warb mit ihrer hochmodernen Architektur um finanzkräftige Anwohner. Und doch, manchmal konnte er es trotz des Betons und der Glasfassaden spüren, das Alte, Gewesene und Vergangene, den Geist der Hingerichteten, den Geist des Störtebekers.

Weihnachten war der Himmel den Menschen ganz nah, kam es ihm in den Sinn, dem Himmel, aber auch so manchem umherirrenden, umherziehenden Geist, insbesondere zwischen den Jahren in den Raunächten des Winters. Instinktiv blickte er zum Himmel. Der Blick verriet ihm, dass es in der Nacht noch kälter werden würde. Es war sternenklar, noch würden die wilden Reiter nicht den Himmel bestürmen, noch nicht. Doch er war sich sicher, das Böse, es lauerte dort draußen, irgendwo, wo der Himmel war, war auch die Hölle.

Die letzten Besucher des Gewürzmuseums zogen an ihm vorbei. Er konnte es immer riechen, dass sie dort gewesen waren. Eine Wolke aus Zimt und Pfeffer zog hinter den eingemummten Gestalten her und fast musste er niesen. Feine Gewürzpartikel hafteten auf ihrer Kleidung und so würden auch diese in den Fugen und Ritzen der alten Backsteinhäuser ziehen, wie die des Tees oder Kaffees schon Jahrhunderte zuvor.

Da, etwas geschützt im Innenhof, umgeben von Lagerhäusern, würden sie nicht gestört werden. Um nicht weiter dem kalten Wind ausgesetzt zu sein, wählte er einen Toreingang, der zumindest ein wenig Schutz versprach. Ein Blick auf seine Uhr, die er zum Schutz vor Diebstahl nicht am Armgelenk, sondern in einer versteckten Innentasche seines dicken Pullovers bewahrte, versicherte ihm, dass er pünktlich war. Eine Gestalt bewegte sich auf ihn zu. Das musste seine Verabredung sein. Mit einem Schritt nach vorne trat er selber aus dem Schatten des Lagerhauses in den, den Hof nur teilweise beleuchtenden Lichtkegel einer Laterne. Plötzlich hörte er dieses dumpfe *Plopp*. Voller Erstaunen griff er an seine Brust. Dann wurde alles schwarz. Bevor sein Kopf das mit einer Eisschicht überzogene Kopfsteinpflaster berührte, war all das was einmal in ihm gewesen war, für diese Welt erloschen. Harry, der Obdachlose, war tot.

Heinsmann war sauer. Gerade jetzt zu Weihnachten ein Mord. Steentje hatte ihn zum Tatort gerufen und das gerade, als er dabei war, einen süßen Weihnachtsengel mit Namen Tina bei sich zu Hause zu verwöhnen und sich auf ein paar gemütliche Tage einzurichten. Verdammt, ausgerechnet jetzt! Und dabei hatte er sich so viel Mühe gegeben: Ein Bäumchen besorgt, wenn auch nur ein ganz kleines, es geschmückt und dieses sündhaft teure Parfüm gekauft, welches die Verkäuferin in Goldpapier eingeschlagen und mit einer dicken silbernen Schleife versehen hatte, bevor er ihr seine etwas strapazierte Kreditkarte zurückgereicht hatte, nicht ohne zu versichern, dass sich die

Dame bestimmt über dieses angesagte Präsent freuen würde. Wenn er an die ganzen Ausgaben dachte, die Vorspeisen und den Champagner, extra besorgt in diesem angesagten Weinkontor in der HafenCity und dann erst der Fisch, der jetzt im Backofen zu einer kümmerlichen Masse vertrocknen würde, wurde er noch wütender als er bereits beim ersten Anruf aus der Dienststelle gewesen war. Alles war so schön vorbereitet gewesen und jetzt? Na ja, vielleicht könnte man den Fisch ja später noch einmal aufwärmen, die vorzügliche Weißweinsoße würde ihn vielleicht retten. Nein, das alles war einfach nur absolut blöde, gern hätte er den Abend voll ausgekostet, doch Schmidt der Dusel, seine Feiertagsvertretung, hatte sich letzte Nacht auf dem Kiez einen Schlüsselbeinbruch zugezogen, nachdem er bei einer Schlägerei zweier Weihnachtsmänner dazwischen gegangen war.

Der Verkehr war nur noch mäßig. Schon konnte er die ersten Backsteinfassaden der Speicherstadt erkennen. Es waren kaum noch Fußgänger unterwegs. Kein Wunder, immerhin war es Heiligabend und alle saßen gemütlich unterm Baum, nur er nicht.

Seine Wut verflog ein wenig, als er erkannte, wen die Gerichtsmedizin da für diesen Abend geschickt hatte: Dr. Mai. Er mochte die Frau mit den lustigen Sommersprossen und den leicht rötlichen Haaren. Sie war immer gut gelaunt und verstand ihre Arbeit.

»Auch Notdienst?«, begrüßte er sie mit seiner Frage und reichte ihr die Hand, die er zuvor in dicke, selbstgestrickte Handschuhe verpackt hatte.

»Moin, Heinsmann. Ich hab's meinem Kollegen versprochen für ihn einzuspringen, wenn was ist. Er hat halt Weihnachtsbescherung mit seinen Knirpsen. Ich dachte wir kriegen es dieses Jahr mal ohne Mord hin.«

»Wär mir auch lieber gewesen. Was sagt die KTU? Schon irgendwas gefunden?«

»Der Mann wurde erschossen. Vermutlich 9 mm. Das Opfer ist männlich, zirka 50 Jahre alt, auf den ersten Blick ein Berber, jedoch soweit ich sehen konnte in guter körperlicher und relativ gepflegter Verfassung. Kann noch nicht lange draußen gelebt haben. Alles Weitere später.«

»Irgendwelche Ausweispapiere?«

»Nein, in seinen Taschen wurde nichts gefunden. Die KTU will sich aber seine Sachen noch genauer ansehen. Auffällig ist nur diese Uhr. Wenn sie echt ist, dann kostet sie ein kleines Vermögen und sie könnte registriert sein. Hatte er unter dem Pullover versteckt.«

Heinsmann, erster Hauptkommissar der Kripo Hamburg, betrachtete den Mann nun genauer, der das neue Jahr nicht mehr erleben würde. Das Gesicht war unrasiert und übersät mit feinen, weißen Eiskristallen, die sein Gesicht noch maskenhafter erscheinen ließen, als es der Tod ohnehin schon getan hätte. Wenn der Mann schon mal auffällig geworden war, müssten sie ihn in der Kartei finden. Dank neuester Computererkennungsprogramme würde es nur Sekunden dauern, diese Person, falls sie denn registriert war, zu finden. Er müsste ins Präsidium, die Notfalltruppe zusammenrufen. Er ahnte schon, dass er sich damit keine Freunde machen würde.

Immerhin waren sie zu fünft. Ein Blick aus dem Fenster ließ ihn ahnen, dass er heute Nacht gar nichts mehr ausrichten würde. Alle hatten sich in ihre guten Stuben zurückgezogen und zelebrierten das ganz besondere, christliche, traditionelle

Fest mit Enten- oder Gänsebraten oder Karpfen. Kein Mensch war auf der Straße, wen sollte er befragen? In der Speicherstadt rund um den Tatort hatten sie niemanden gefunden, der etwas gesehen hatte. Solange die Identität des Toten nicht geklärt war, hatte er nichts. Gar nichts.

Wie gern würde er jetzt selber am Tisch zu Hause sitzen und sich den guten Rotwein zu Gemüte führen.

Schröder kam mit einem triumphierenden Gesichtsausdruck ins Büro.

»Chef, wir haben da was. Die Ähnlichkeit ist verblüffend. Ein Harry Engel. Das könnte er sein!«

»So schnell. Da ist ja Weihnachten fast gerettet«, freute sich Heinsmann.

»Nicht so schnell Chef, da gibt's ein Problem. Besagter Engel ist seit drei Jahren tot. Ertrunken bei einer Hafenrundfahrt. Trotz sofort eingeleiteter Rettungsaktionen wurde die Leiche nie gefunden. Ich habe die Akte hier. Ein ehemaliger Vermögensberater war anscheinend pleite. Es hatte Gerüchte um einen möglichen Selbstmord gegeben. Hat wohl etliche Menschen um ihre Renten gebracht …«

»Hatte der Mann Familie?«, wollte er nun von Schröder wissen.

»Nur eine Schwester in Eppendorf.«

»Na, dann werden wir wohl die Schwester bitten müssen, uns bei der Identifizierung zu helfen.«

»Aber Chef, es ist Heiligabend. Du kannst doch nicht jetzt irgendwo in eine Familie reinplatzen und Fotos von dem Toten zeigen, sozusagen unterm Weihnachtsbaum.«

»Ich weiß, aber wir müssen unsere Arbeit machen und die ersten achtundvierzig Stunden können entscheidend sein. Also los! Wir versuchen es in Eppendorf.«

Heinsmann wusste, dass er sich hier eine Wohnung nie würde leisten können. Warum lebt einer auf der Straße, wenn er Verwandtschaft in so einem Viertel hatte? Als sie nun das gutbürgerliche Haus aus dem 19. Jahrhundert betraten, war Heinsmann nicht überrascht, wie gepflegt der Flur seine Besucher empfing: Feinste Kacheln an den Wänden, ein überdimensionaler Kronleuchter, edles Holz, ja, so schön konnte das Wohnen in Hamburg sein.

Als Heinsmann wenige Minuten später an der Tür klingelte, hatte er ein schlechtes Gewissen, wer weiß, wem er nun den Abend verderben würde? Es dauerte einen Moment, doch dann konnte er hören, wie sich jemand der Tür näherte.

»Ja bitte?« Eine ältere Dame von etwa achtzig Jahren stand vor ihnen und betrachtete sie ärgerlich.

Heinsmann zückte seinen Dienstausweis. »Es tut mir leid, dass wir Sie stören, aber wohnt eine Frau Maike Engel hier? Wir sind von der Kriminalpolizei.«

»Maike, ja, die ist hier. Wir wollten aber gerade den Eierpunsch trinken. Na, dann kommen Sie mal rein.«

Für einen Moment verschlug es ihm die Sprache. So eine Wohnung hatte er noch nie von innen gesehen. Über einen sich lang dahin ziehenden Flur hatten sie mehrere Zimmer durchqueren müssen, bis sie diesen cirka einhundert Quadratmeter großen Wohnraum betraten, in dem verteilt auf mehrere Sitzgruppen, Sofas und Bänke wohl an die fünfzehn ältere Personen saßen und sich angeregt unterhielten. Ein riesiger Weihnachtsbaum in der Mitte, überwiegend in Gold gehalten, und überall aufgestellte und entzündete Kerzen ließen den Raum noch prachtvoller erscheinen, als er es ohnehin mit den antiken Möbeln aus Mahagoniholz schon war. Waren sie etwa in einer privaten Alten-WG gelandet?

Eine gut aussehende, brünette Frau, Ende dreißig, steuerte auf sie zu. »Womit kann ich Ihnen helfen? Anne sagte mir, Sie seien von der Polizei. Ist etwas passiert? Es ist Heiligabend. Sie sehen, wir feiern.«

»Können wir vielleicht ungestört irgendwo reden?«

Maike Engel nickte und führte sie in eine Art Büro.

»Es tut mir wirklich leid, aber ich muss Sie das fragen, auch wenn Weihnachten ist. Wir haben heute die Leiche eines Mannes in der Speicherstadt gefunden. Er wurde ermordet. Er weist eine gewisse Ähnlichkeit mit Ihrem Bruder auf. Darf ich Ihnen das Foto zeigen?«

Die Frau nickte. Als Heinsmann ihr das Foto hinhielt, zögerte sie einen Moment, doch dann griff sie beherzt zu. Sofort veränderte sich die Mimik ihres Gesichtes. Er konnte Fassungslosigkeit darin erkennen. Die Reaktion Maike Engels ließ keine Zweifel aufkommen. Heinsmann konnte noch gerade verhindern, dass sie zu Boden sackte. Sie hatte ihren Bruder erkannt.

Heinsmann musste an seine Mutter denken und er hoffte sehr, er würde auch ihr nicht das Weihnachtsfest verderben. Verdammt, die Schwester des Toten hatte ihm echt leid getan. Heiligabend in die Pathologie zu kommen, war mies, echt mies. Insgesamt hatten sich nur noch mehr Fragen ergeben als Antworten. Warum lief der Mann lebendig als Penner durch Hamburg, wenn seine Schwester gut situiert war? Irgendetwas war da faul, nur was? Steentje sollte mal die Vermögensverhältnisse der Frau unter die Lupe nehmen.

Schröder steckte seinen Kopf in die Tür: »Wir haben einen ehemaligen Kollegen ausfindig gemacht. Sein Name ist Peter Klein. Sitzt im Verhörraum 2.«

Der Mann hatte sich in Schale geworfen und wollte augenscheinlich ausgehen. Heinsmann konnte das Geld an ihm förmlich riechen. Nicht alle Mitarbeiter der ehemaligen Engelfirma waren also auf der Straße gelandet.

»Mein Kollege hat Sie ja bereits aufgeklärt, worum es geht. Was können Sie uns zur Pleite ihres ehemaligen Chefs Engel erzählen?«

»Da gibt's nicht viel zu erzählen, hat sich halt verspekuliert. Harry ist immer hohe Risiken eingegangen, 'ne Zeit lang hat es auch gut geklappt, seine Kunden waren happy, hohe Renditen …«

»Warum könnte Engel draußen gelebt haben? Wollte er sich vor Strafverfolgung schützen?«

»Keine Ahnung. Rechtlich war alles in Ordnung. Verluste gibt's immer wieder und die große Bankenkrise tat ihren Rest dazu.«

»Und wie haben die Kunden reagiert?«

»Na, wie wohl, gedroht haben die uns, einige hatten ihre ganze Altersvorsorge verloren, aber wir haben denen immer alle Risiken aufgelistet, doch die Gier lässt eben manche unvorsichtig werden, so ist das in unserer Branche.«

»Soso, aufgeklärt, das steht hier in der Akte ganz anders, Sie sind mit einem blauen Auge davongekommen?«

»Ich habe mir nichts zuschulden kommen lassen, und ich bin wieder in der Finanzbranche tätig. Mein Ruf war nicht der allerschlechteste.«

»Kam es Ihnen gelegen, dass Engel verschwand?«

»Gelegen, was meinen Sie damit?«

»Nun, ich könnte mir vorstellen, dass Sie so die ganze Schuld auf Engel schieben konnten.«

»Na hören Sie mal, ich denke, unser Gespräch ist hiermit beendet.«

Klein stand auf, doch Heinsmann stellte sich ihm in den Weg. »Moment, wir brauchen noch die Namen der Geschädigten. Gibt's da irgendwo eine Liste?«

»Fragen Sie unseren Rechtsanwalt Dr. Ottensen. Hier seine Karte. Ich werde erwartet. Einen schönen Abend.«

»Eine letzte Frage noch: Glauben Sie, dass einer der Anleger Engel ermordet hat?«

»Drohungen haben wir jedenfalls genug bekommen.«

Heinsmann schaute dem dunkelblauen Anzug hinterher. Er würde Schröder anweisen, den Rechtsanwalt möglichst schnell ausfindig zu machen.

Der Kartoffelsalat seiner Mutter war wie immer einfach nur gut gewesen und Heinsmann hatte den ersten Weihnachtstag dazu genutzt, sich neben der kurzen Auszeit Gedanken darüber zu machen, warum Engel als Berber unterwegs gewesen war. Was sollte dieser Lebenswandel bezwecken? Er müsste noch einmal nach Eppendorf. Irgendwie wurde er das Gefühl nicht los, dass die Lösung dort zu finden war.

Ein Anruf Schröders schreckte ihn auf: »Chef, die Geschädigten sind allesamt in der WG in Eppendorf gemeldet. Da gibt's ganz klar einen Zusammenhang.«

Also doch. Sein Instinkt hatte ihn nicht getäuscht.

Maike Engel hatte sich anscheinend gefangen. Sie begrüßte Heinsmann mit einem Lächeln, jedoch hatte sie sich für eine schwarze Trauerkleidung entschieden. Der erste Hauptkommissar konnte nicht anders, als bewundernd feststellen, dass sie gut aussah und ihre schlanke Figur noch besser zur Geltung gebracht wurde.

Sie musste seinen Blick bemerkt haben, denn sie meinte: »Das habe ich schon mal getragen, damals, als er für tot erklärt wurde und wir eine Gedenkfeier abhielten.«

»Frau Engel, was hat es mit dieser WG auf sich? Wie finanziert sich das Ganze?«

»Ich bin nicht reich, wenn Sie das meinen. Wir haben einen Sponsor, einen stillen Teilhaber, der das alles finanziert. Sie können die Unterlagen gerne einsehen.«

»Wer ist der Teilhaber?«

»Ich kenne ihn nicht persönlich, alles läuft über unseren Rechtsanwalt. Kontaktieren Sie ihn. Er wird Ihnen alles erklären.«

Heinsmann blickte auf die Karte und wunderte sich nicht. Den Namen hatte er doch schon einmal gelesen.

Zurück in der SOKO Engel hatte Heinsmann noch einmal alles zusammentragen lassen, was sie bisher hatten. Klar war, der Tote wollte nicht unter seinem richtigen Namen in Erscheinung treten und das musste einen Grund haben. Der Rechtsanwalt war angeblich verreist. Skiurlaub in den österreichischen Alpen. Da hatten sie erst mal keine Chance.

»Schröder, überprüf doch mal, wann der Rechtsanwalt Dr. Ottensen losgefahren ist. Und vielleicht sollten wir auch mal die Obdachlosenheime abklappern, der muss doch Kontakte zur Szene gehabt haben.«

Die Aussicht, sich auf die Suche nach möglichen Zeugen in der Obdachlosenszene zu machen, stimmte Heinsmann nicht gerade fröhlich. Er könnte eine Dusche und einen starken Kaffee jetzt gut gebrauchen. Ihm gingen diese alten Leute nicht aus dem Sinn. Schröder hatte recherchiert, dass ein jeder von ihnen ein kleines Vermögen durch die Fehlentscheidung Engels verloren hatte. Somit hätte jeder von ihnen ein Motiv. Doch auch Klein war verdächtig.

Vielleicht sollte er einfach mal zur Bahnhofsmission am Hauptbahnhof fahren. Wenn ihn nicht alles täuschte, würde er vielleicht dort jemanden antreffen, der ihm weiterhelfen würde.

Der Raum roch nach einer Mischung aus Kaffee, Gebäck und nach den Ausdünstungen der Menschen, die in ihrer abgewetzten Kleidung vor dampfenden Kaffeebechern saßen. Eine etwas ältere Frau mit strahlend blauen Augen kam auf ihn zu. »Möchten Sie einen Kaffee. Sie sehen aus, als könnten Sie einen gebrauchen.«

»Gerne.« Er wartete bis das heiße Gebräu vor ihm stand und zog das Foto aus der Innentasche seiner Jacke: »Ich bin von der Kripo. Mein Name ist Heinsmann. Haben Sie den hier schon mal gesehen?«

»Ja, den kenne ich. Wird von allen nur ›der Engel‹ genannt. Ist ’ne gute Seele, teilt alles und hilft, wo er kann. Hat schon so manchen vor dem Erfrieren gerettet. Da hinten, der Kalle, kennt den. Reden Sie mal mit dem.«

Heinsmann war auf dem Weg nach Eppendorf. Der Berber hatte ihm genug erzählt. Engel hatte auf der Straße keine Feinde. Dort war er überall geschätzt und beliebt gewesen.

Also doch noch einmal zur Alten-WG. Vielleicht würde er ja dort weiterkommen. Wenn Engel kein Zufallsopfer war, müsste das Motiv in seiner Vergangenheit liegen.

Der Tee schmeckte vorzüglich und Heinsmann fragte sich, ob er sich im Alter auch einen derart luxuriösen Altersruhesitz würde leisten können. Irgendwie wurde er das Gefühl nicht los, dass die alten Herrschaften nervös waren. Anne, die alte Dame, die ihm erneut geöffnete hatte, schenkte ihm ständig Tee ein, während der pensionierte Lehrer mit Namen Otto ihn ununterbrochen zutextete. Er war noch gar nicht dazu gekommen, seine Fragen zu stellen.

»Herr Kommissar, Sie müssen wissen, wir freuen uns sehr über Ihren Besuch. Wir alten Leute sind zuweilen etwas einsam und einfältig. Verzeihen Sie uns, falls wir aufdringlich erscheinen. Noch einen Schluck Tee? Maike kommt bestimmt gleich, sie wollte nur zu einer Nachbarin rüber.«

»Sagen Sie, waren Sie auch Opfer des Harry Engel?«

»Gewiss, wir waren alle Opfer. Ich mit 60000 Euro, Elisabeth dort mit 30000 Euro, Otto mit 45000, Sie werden hier bei uns keinen finden, der kein Geld verloren hat.«

Heinsmann griff sich an den Kopf. Die Zahlen rauschten an ihm vorbei und Anne schien plötzlich irgendwie ganz anders auszusehen.

»Ich glaube, ich muss mal ins Bad. Könnten Sie es mir bitte zeigen.« Er war aufgestanden, doch irgendetwas fühlte sich nicht richtig an. Der Schwindel packte ihn brutal und seine Knie begannen zu zittern.

Nur mühselig schleppte er sich in Richtung Flur, verdammt, wo hatte er nur sein Handy gelassen? Irgendwer im Hintergrund stöhnte auf, oder war er es selber?

»Und was machen wir nun mit ihm?«, hörte er Otto sagen, doch er konnte nicht mehr reagieren. Unter dem Ölgemälde, mit dem, in einer Sturmflut versinkenden Schiff, sackte er nun endgültig zu Boden. Ihm war es, als würde er in den Wasserfluten des Bildes ertrinken.

Er freute sich auf zu Hause. Gewiss, von dem Fisch war nichts mehr übrig, aber die restlichen Dinge im Kühlschrank würden ausreichen, um den Tag irgendwie angenehm zu gestalten. Er konnte es nicht fassen. Der Fall war gelöst.

Ein kleiner Fußmarsch würde ihm gut tun. Noch war er nicht ganz fit. Der Tee hatte es in sich gehabt, wenn Maike Engel nicht früher nach Hause gekommen wäre, die alten Leute hätten ihn um die Ecke gebracht.

Otto, der ehemalige Lehrer, hatte gestanden. Er war ausgelost worden, die Tat mit der alten P 38 aus Kriegstagen zu begehen, im Namen aller. Engel war erkannt worden, während er irgendwo in der Innenstadt, in der Fußgängerzone, gesessen hatte. Fatal an der Geschichte war nur, dass Engel der heimliche Geldgeber der WG war. Der Rechtsanwalt hatte dies nach etlichen Verzögerungen doch bestätigt. Engel hatte noch einmal alles auf eine große Karte gesetzt und hoch spekuliert. Mit dem Gewinn hatte er die alten Leute unterstützen wollen, und so kam ihm die Tätigkeit seiner Schwester gerade recht, die immer schon eine private Alten-WG betreiben wollte.

Alles lief über den Rechtsanwalt, nur der wusste wirklich Bescheid. Aus Scham und vielleicht auch aus Angst strafrechtlich verfolgt zu werden, war Engel dann im wahrsten Sinne des Wortes abgetaucht, hatte ein ganz anderes Leben geführt als zuvor. Doch wenn man den Worten des Berbers Kalle

Glauben schenken wollte, war Engel nicht unglücklich gewesen. Er hatte sich in seiner neuen Rolle als Engel der Obdachlosen gefallen, auch wenn er dafür draußen leben musste.

Heinsmann konnte nun sehen, wie die Straßenkehrer Müllreste zwischen den nun verwaisten Weihnachtsmarktbuden zusammenfegten. Ein Weihnachtsengel aus Silberfolie hatte sich aus einem der Weihnachtsgirlanden der Holzhütten gelöst und segelte ihm direkt vor die Füße. Für einen Moment nur zögerte er, doch dann hob er ihn auf.

Er würde ihn mit nach Hause nehmen. An seinem Baum gab es keinen Engel. Noch nicht. Vielleicht würde er ihn ganz oben befestigen, vielleicht.

Die Autorinnen und Autoren

KAI RIEDEMANN, geboren 1957 in Elmshorn (Schleswig-Holstein), tätig als Redakteur bei einer TV-Zeitschrift.

JÜRGEN RATH ist promovierter Historiker in Hamburg und schreibt Sachbücher, Romane, Kurzgeschichten – und Weihnachtskrimis.

SARAH FIONA GAHLEN, geboren 1983 in Berlin, Juristin. Sie schreibt seit ihrer Kindheit und kann eine Reihe kleinerer Veröffentlichungen in Anthologien und Wettbewerbspublikationen vorweisen.

KATHARINA JOANOWITSCH lebt in Hamburg als freie Illustratorin und Designerin. Arbeiten unter anderem für die Ernst Barlach Stiftung, Güstrow, für KulturWerk Rahlstedt, Hugendubel, Rowohlt, Hamburger Abendblatt.

BRIGITTE KARIN BECKER, geboren 1959, studierte Mathematik, promovierte an der TU Darmstadt und arbeitet als Systemanalytikerin.

FRAUKE ANGEL, 1974 in Deutschland geboren, ist Schauspielerin und seit 2011 freischaffende Autorin.

STEPHANIE FLEISCHER bringt Berufserfahrungen aus Journalismus, Marketing und dem pädagogischen Bereich mit, die sie zwischen Hessen und Hamburg gesammelt hat. In ihrer Freizeit verfasst sie Kurzprosa.

HEIDI RAMLOW: Schauspielerin, Regisseurin, Drehbuch, Drama, Krimi, Gedichte. Mitglied: VS, *Syndikat* und bei den *Mörderischen Schwestern*.

MARIKA BERGMANN ist Autorin und Künstlerin in Dortmund, gründete 2012 die Lesebühne *Der Störschrank* im Atelier21.

MICHAEL JOHANNES B. LANGE, Jahrgang 1968, gewann 2014 mit seinem Beitrag *Navigation* den 2. Preis des Autorenkreises Ruhr-Mark.

SABINE LABE: Dipl. rer. nat., Heilpraktikerin, Mutter von zwei Söhnen, Schreibleidenschaft seit zwei Jahren.

EVELYN LEIP, Jahrgang 1965, verheiratet, zwei Kinder. Soziologin. Lebt in Norditalien. Liebt Bücher, Kochen und Gärten. Hat immer schon gerne geschrieben und in den letzten Jahren mehrere Kurzgeschichten in Anthologien veröffentlicht und war damit für kleinere Literaturpreise nominiert.

JACQUELINE REESE, geboren 1961, ist als Lehrerin und Autorin tätig. Sie erhielt eine Reihe von Auszeichnungen und ist Mitglied im fränkischen Autorenverband, veröffentlichte Kriminalromane sowie diverse Beiträge in Anthologien.

Bibliografische Information der Deutschen Nationalbibliothek
Die Deutsche Nationalbibliothek verzeichnet diese
Publikation in der Deutschen Nationalbibliografie;
detaillierte bibliografische Daten sind im Internet
unter www.dnb.d-nb.de abrufbar.
ADVENT, ADVENT, DIE ALSTER BRENNT
Hamburger Weihnachtskrimis – KaroKrimiPreis 2015
Die besten Dreizehn
karo ♦ weihnachtskrimis, band 6

Das Buch ist auch als E-Book erhältlich.

1. Auflage 2015

im Verlag Josefine Rosalski, Berlin
www.edition-karo.de

Umschlaggestaltung: Peter Rieprich, Berlin/Spanien
Umschlagfotos Seite 1: ©VRD + ©Gina Sanders – Fotolia.com
Seite 2: © djama – Fotolia.com
Druck u. Verarbeitung: SDL Buchdruck, Berlin
Gedruckt in Deutschland
ISBN 978-3-937881-16-4